DEAN CLOSE SCHOOL

LIBRARY

This book must be returned by the latest date stamped below.

Péplum

Amélie Nothomb

Péplum

ROMAN

Albin Michel

Toute ressemblance ou homonymie avec des personnes
existant ou ayant existé serait fortuite et involontaire.

CHERCHEZ à qui le crime profite. L'ensevelissement de Pompéi sous les cendres du Vésuve, en 79 après Jésus-Christ, a été le plus beau cadeau qui ait été offert aux archéologues. À votre avis, qui a fait le coup ?

– Pas mal, comme sophisme.

– Et si ce n'en était pas un ?

– Que voulez-vous dire ?

– Cela ne vous a jamais paru bizarre ? Il y avait des milliers de villes à détruire. Comme par hasard, ce fut la plus raffinée, la plus somptueuse, qui y passa.

– C'est une fatalité courante. Quand une bibliothèque prend feu, ce n'est pas la bibliothèque municipale du quartier, c'est la bibliothèque d'Alexandrie. Quand un boudin

7

et une beauté traversent la rue, devinez qui se fait écraser ?

— Vous n'avez pas compris. Si je vous parlais de destruction pure et simple, vous pourriez invoquer la fatalité. Mais ici, c'est de chance qu'il s'agit !

— Oui. Il est clair que vous n'étiez pas l'un de ces malheureux qui ont péri dans l'éruption.

— Ce n'étaient pas des malheureux. C'étaient les riches de l'époque.

— C'est ça. Dans deux secondes, vous allez dire : « Bien fait pour eux ! »

— Vous vous trompez de débat. Ce que j'essaie de vous expliquer, c'est que si l'on avait demandé aux archéologues modernes quelle ville ils auraient voulu préserver des dégâts du temps, ils auraient choisi Pompéi.

— Et alors ? Vous croyez que le volcan a demandé leur avis aux archéologues modernes ?

— Le volcan, non.

— Qui d'autre ?

— Je n'en sais rien. Je dis seulement que c'est trop fort. Ce ne peut pas être un hasard.

— Que supposez-vous ? Que les archéologues

modernes ont commandité l'éruption ? Je ne les savais pas en si bons termes avec Héphaïstos.

— En l'occurrence, c'est plutôt de Chronos que vous devriez parler.

— En effet !

— Les archéologues modernes n'ont pas eu les moyens de provoquer une éruption avec vingt siècles de retard, c'est certain.

— Vous daignez les innocenter, alors ?

— Eux, oui.

— « Eux, oui » : que cache cette réponse sibylline ?

— Une question.

— Quelle question ?

— Les archéologues du futur seront-ils capables de faire ce que les archéologues modernes aimeraient faire ?

— Je ne comprends pas.

— Vous n'osez pas comprendre.

— Auriez-vous l'amabilité d'oser à ma place ?

— Depuis les découvertes d'Einstein, le voyage à travers les siècles n'est plus qu'une histoire de temps. Ce sera l'affaire du prochain millénaire. Quelle tentation, pour les scientifiques de l'avenir, de modifier le cours du passé !

— Arrêtez ! Ce n'est pas seulement de la science-fiction, c'est du plagiat, ce que vous dites.

— Je sais. Mais ceux qui ont manipulé cette idée n'ont pas pris le point de vue des archéologues.

— Eh bien, ils ont eu raison. L'archéologie, c'est sérieux.

— Vous croyez ? Et si les archéologues étaient de simples touristes ? Pour ma part, je n'ai jamais mis les pieds à Pompéi.

— Pourquoi m'en parlez-vous, en ce cas ?

— Parce que cette idée m'a frappée de plein fouet. Je vais vous dire à quoi équivaut cette affaire. Vous évoquiez il y a deux minutes l'incendie de la bibliothèque d'Alexandrie : nous savons à peine quels chefs-d'œuvre y furent détruits. Imaginez — je dis bien « imaginez » — que le feu ait décidé d'épargner les œuvres d'un seul écrivain et qu'il ait choisi, comme par hasard, le meilleur. Imaginez donc que tous les livres aient été brûlés, sauf ceux du plus sublime penseur de l'époque. Que diriez-vous de cela ?

— Que c'est du fantastique.

— Je suis bien de votre avis ! C'est pourtant ce qui s'est passé en 79 après Jésus-Christ.

— Je ne vois pas le rapport.

— Il est pourtant évident ! Le feu est une force aussi aveugle que le Temps : l'un et l'autre ne se préoccupent pas de savoir si ce qu'ils détruisent est un joyau de l'histoire de l'art ou une œuvre de troisième zone. Et à Alexandrie, l'incendie n'a pas joué au critique littéraire. Alors, expliquez-moi pourquoi le Temps a eu le bon goût d'épargner Pompéi.

— Vous délirez. Quand une ville est bâtie au pied d'un volcan, elle court le risque d'être couverte de lave. C'est normal.

— Pensez-vous que ces gens auraient choisi, comme cité de plaisance où déployer les talents de leurs plus grands artistes, une ville dont le site était aussi fragile ?

— Peu importe ce que je pense : ils l'ont fait. Ce n'est pas la première ni la dernière erreur que l'humanité aura commise.

— Je ne suis pas d'accord. Les urbanistes antiques étaient des modèles d'intelligence.

— Eh bien, Barthes a dit : « Les bêtises des gens intelligents sont fascinantes. » La preuve !

— Admettez au moins que mon hypothèse est sensée.

— Quelle hypothèse ? Vous ne l'avez même pas formulée.

— Je la formule : les scientifiques du futur, qui auront les moyens de voyager dans le passé, sont les responsables de l'éruption du Vésuve en 79 après Jésus-Christ. Mobile du crime : préserver, sous les cendres et les laves, le plus bel exemple de cité antique – mieux : le joyau historique de l'art de vivre ! Qu'est-ce que vous en pensez ?

— Je pense que vous avez besoin de repos. Je vais téléphoner à votre éditeur : il vous surmène.

— Inutile : du repos forcé, je vais en avoir. Je rentre à l'hôpital demain. Je dois être opérée d'urgence.

— Bravo. Une trépanation, j'espère ?

— Hélas non. Je ne suis pas rassurée.

— C'est grave ?

– Non. Mais cela nécessitera une anesthésie générale ; c'est ce qui m'inquiète. Sombrer dans le néant...

– C'est ce qui est arrivé à Pompéi.

– Vous êtes encourageant.

À MON réveil, l'hôpital était méconnaissable. Ma chambre avait les dimensions d'une salle de bal. J'étais allongée, seule. Mon lit était suspendu au plafond par des courroies : quand je bougeais, il remuait comme une escarpolette.

La distance qui me séparait du sol semblait de deux mètres. J'hésitai à sauter. Quand je me retrouvai par terre, une douleur au ventre me rappela l'opération que j'avais subie.

Tant pis. Je n'allais pas demander l'aide des infirmières pour si peu. Je me dirigeai vers la porte. Je l'ouvris et je tombai dans le vide.

— Q̲UI êtes-vous ?
— Vous n'auriez pas dû quitter votre chambre.

— Il m'est arrivé quelque chose ?

— On peut dire ça comme ça, oui.

— Il va falloir me réopérer ?

— Rassurez-vous, vous êtes guérie.

— Quand puis-je quitter l'hôpital ?

— L'hôpital ? Vous n'êtes pas à l'hôpital. Vous êtes à la basilique, c'est-à-dire chez moi.

— Vous êtes prêtre ?

— Pas exactement.

Silence.

— Vous souvenez-vous du jour qui a précédé votre opération ?

— Pourquoi ? Je suis censée avoir perdu la mémoire ?

— Répondez.

— Oui, je m'en souviens.

— En ce cas, vous pouvez comprendre pourquoi vous vous trouvez ici.

— Vous êtes de la police ? J'ai fait quelque chose d'interdit par la loi ?

— Vous trouvez que j'ai l'air d'un flic ?

— On ne sait jamais. Ils se déguisent, parfois. Où suis-je ?

— Je vous l'ai déjà dit : à la basilique. Vous posez la mauvaise question. Vous auriez dû demander : « Quand suis-je ? »

— J'ai été opérée le 8 mai au matin. J'ai sans doute dormi longtemps, mais je suppose que nous sommes encore le 8 mai.

— Le 8 mai de quelle année ?

— 1995. C'est le cinquantième anniversaire de l'armistice.

— De l'armistice ?

— La Seconde Guerre mondiale.

— Cela me dit quelque chose. Hélas, je suis au regret de vous révéler la vérité. Nous ne sommes pas le 8 mai 1995. Nous sommes le 27 mai 2580.

— J'avais raison d'avoir peur de l'anesthésie.

— Je suis très sérieux. Je comprends que le choc soit violent pour vous, mais vous ne nous avez pas laissé le choix. C'est à cause de Pompéi.

— Pompéi ! Hier, j'ai parlé de Pompéi.

— Oui, sauf que ce n'était pas hier. C'était il y a 585 années et 19 jours.

— Et combien d'heures ?

— Il est 18 h 15. C'était donc il y a 585 années, 19 jours, 2 heures et 8 minutes.

— Et combien de secondes ?

— Ce n'est pas une plaisanterie. Pompéi non plus.

— Vous êtes archéologue ?

— Il n'y a plus d'archéologues.

— Y a-t-il encore des anesthésistes ? J'aurais deux mots à leur dire.

— Voulez-vous bien oublier votre petite personne, pour une fois dans votre vie ?

— Vous, alors, vous êtes gonflé.

— Je vous parle de Pompéi. Pompéi est plus importante que vous.

— C'est une question de point de vue.

— Pompéi nous a paru plus importante que les milliers de personnes qui y vivaient. À plus forte raison, Pompéi nous paraît plus importante que vous.

— J'avais raison ! C'est vous qui avez déclenché l'éruption !

— L'année dernière, oui.

— L'année dernière, donc en 2579... Je vois que la manie des anniversaires ne s'est pas perdue.

— Ce n'était pas par souci d'anniversaire que nous avions choisi l'an 79 après Jésus-Christ. Nous avons voulu rendre Pompéi éternelle au moment où nous l'avons trouvée au faîte de son développement artistique. Dès l'an 80, on annonçait un arrivage de peintres d'un genre nouveau qui allaient réaliser de fâcheux palimpsestes sur des chefs-d'œuvre. Nous sommes intervenus juste à temps.

— Et moi, on allait me peindre un palimpseste sur la figure ?

— Non. Mais vous avez été la première à soupçonner la vérité au sujet de Pompéi.

— Et si vous m'aviez laissée en 1995, vous croyez que j'aurais changé le cours des choses ?

— Écoutez-moi cette prétentieuse.

— Je regrette : si vous m'avez arrachée à mon époque, c'est que je gênais vos plans.

— À parler franc, il nous serait impossible de préciser la raison pour laquelle nous vous avons convoquée.

— « Convoquée » ! Je vois que les litotes n'ont pas perdu leur pouvoir.

— Vous provoquiez une incertitude. Nous n'aimons pas l'incertitude.

— Nous, nous ! C'est un nous majestatif ?

— Je parle au nom des scientifiques de la basilique.

— Comment vous appelez-vous ?

— Celsius.

— Vous êtes suédois ?

— Il n'y a plus de Suédois.

— Cela m'étonne. Ce pays m'avait l'air solide.

— Il n'y a plus de pays. Il n'y a plus que deux orientations : le Levant et le Ponant. Je suis Ponantais.

— Et moi ?

— Vous, vous n'êtes rien. Vous n'avez pas changé.

— Ils sont aimables, les Ponantais.

— Votre façon de parler est un peu désuète.

— Mettez-vous à ma place !

— Je ne la trouve pas enviable.

— Nous sommes enfin d'accord sur un point. Dites-moi, Celsius, c'est vous qui êtes chargé de me surveiller ?

— C'est moi qui suis chargé de m'occuper de vous, oui.

— C'est ce que je disais. Puis-je vous demander de m'apporter des vêtements ? Je suis toute nue, pour le cas où vous ne l'auriez pas remarqué.

— Cela ne me dérange pas.

— Moi, cela me dérange.

— Je ne sais pas si j'ai des vêtements pour vous.

— Une couverture, alors.

— Je n'ai pas de couverture non plus.

— Du papier journal ?

— La presse est supprimée depuis longtemps.

— Mais faites quelque chose, enfin ! Je ne peux pas rester nue.

— Je vais voir ce que je trouve.

– UN péplum ?
    – C'est cela ou rien.
    – Le péplum est revenu à la mode, en 2580 ?
    – Non. C'est un costume de théâtre.
    – Pourquoi ne m'apportez-vous pas un vête-
ment ordinaire ?
    – Vous voyez ma tenue ?
    – Ce n'est pas mal. C'est même élégant.
    – C'est un hologramme.
    – Vous êtes vêtu d'un hologramme ?
    – Nous le sommes tous aujourd'hui.
    – Mais alors, vous êtes nu ?
    – Quelle importance, puisque vous ne le
voyez pas ? Nous avons dû supprimer les vêtements. Ils coûtaient trop cher à l'entretien, ils

s'usaient. Un hologramme suffit pour une vie entière.

— Les gens ne se changent plus ?

— Changer d'hologramme est une trop grande dépense d'énergie. Et puis, pourquoi se changer ? Les hologrammes ne sont jamais sales, ils n'ont pas d'odeur, ils permettent de grandir, grossir et maigrir à volonté, ils ne se démodent pas ; on peut se laver et exercer ses activités sexuelles et excrémentielles sans les enlever.

— On ne se déshabille plus ? C'est épouvantable.

— On a calculé qu'éteindre et allumer l'hologramme coûtait plus d'énergie que de le laisser allumé pendant les activités sexuelles et excrémentielles.

— Je n'ose pas vous en demander la durée.

— Pourquoi ne vous intéressez-vous qu'aux détails ? Ce qui aurait dû vous frapper, dans mes explications, c'est la question de l'énergie. Si le monde a tant changé depuis votre époque, c'est à cause des terribles pénuries d'énergie auxquelles les siècles passés ont dû faire face et auxquelles nous sommes confrontés plus que jamais.

— Vous n'avez pas l'air d'en manquer tant que cela. Provoquer une éruption volcanique à vingt-cinq siècles d'intervalle, cela doit consommer une énergie effroyable.

— Aussi n'en aurons-nous plus assez pour recommencer.

— C'est rassurant.

— S'apercevoir que le seul vestige humain digne d'être préservé est vieux de vingt-cinq siècles, vous trouvez cela rassurant ?

— Dit de cette manière-là, non.

— Il n'y a pas d'autre manière de le dire.

— Et Lascaux ?

— C'est quoi ?

— La préhistoire, cela n'existe plus ?

— La préhistoire, c'est vous.

— Bon. Racontez-moi tout, à partir du 8 mai 1995, vers 10 heures du matin.

— Il n'y a pas moyen de raconter une histoire aussi longue.

— Dans les grandes lignes !

— Il n'y a qu'une ligne : l'énergie. Il n'y a

qu'une seule Histoire : l'énergie. Il n'y a qu'une seule politique : l'énergie.

— C'est l'hymne national ponantais que vous me chantez là ?

— Ce sont les considérations les plus importantes de l'univers.

— On est poétique, en 2580.

— Moquez-vous de nous ! C'est à cause de votre inconscience que nous en sommes là.

— Ne me faites pas porter le chapeau. Je ne suis pas responsable des actes de mes contemporains.

— Voilà : vous l'avez dit. Vous venez de l'époque de l'irresponsabilité.

— Je vous préviens : si vous m'adressez un réquisitoire, je me bouche les oreilles.

— Vous êtes encore plus représentative de votre siècle que je ne le croyais. À mon avis, vous ne passeriez pas les tests.

— Quels tests ?

— Les tests d'accès à l'oligarchie énergétique. Seule l'élite a droit à l'énergie. Moi qui vous parle, je suis oligarque.

— Compliments.

— Vous ne me demandez pas en quoi consistent ces tests ?

— Il est inutile de vous le demander. Quand un petit premier de la classe a eu une bonne note, il finit toujours par réciter les questions, les réponses et les félicitations.

— Nous sommes évalués sur trois plans : notre intelligence (en ce, compris notre culture), notre caractère (en ce, compris notre honnêteté) et notre santé (en ce, compris notre beauté).

— Votre beauté ?!

— Oui. Les laids ne sont pas admis.

— C'est d'une injustice flagrante !

— Pas plus que le reste. Être jugé sur son intelligence est aussi injuste que d'être jugé sur sa beauté. L'une et l'autre sont, à 65 %, des qualités innées. Ce sont donc des critères égaux en iniquité.

— Mais pourquoi faut-il être beau pour faire partie de l'élite ?

— Ne jouez pas les scandalisées. Ce critère existe de toute éternité. Notre époque s'est contentée de rendre officiel ce qui ne l'était pas.

— Eh bien, figurez-vous que c'est une sacrée différence ! Allez-vous autoriser le meurtre sous prétexte qu'il se pratique depuis toujours ?

— Inutile de vous poser en moraliste. Nous avons quelques raisons de croire que vous n'êtes pas taillée pour ce rôle. D'autre part, sachez que le critère de beauté a été ajouté voilà dix ans, par nécessité. Les tests d'accès à l'oligarchie énergétique ont été créés il y a quatre-vingt-cinq ans. Très vite, on a constaté que l'élite était composée de 80 % de laids : cette situation incommodait l'élite elle-même ! Oui, ce sont les laids qui ont pris cette décision.

— Ils ne l'auraient sans doute pas prise si les effets avaient été rétroactifs.

— Vous avez tout compris.

— Cela ne m'étonne pas. Ce sont toujours les mochetés qui critiquent le physique des autres mochetés.

— Ce nouveau critère a entraîné des conséquences inattendues : depuis dix ans, la proportion de femmes admises aux tests ne cesse de diminuer.

— Quoi ?

— Oui. Nous avons eu l'occasion de vérifier

le vieil adage : « Les femmes sont meilleures ou pires que les hommes. » Et il est vrai que, quand une femme est belle, elle éclipse la beauté d'un homme. Mais la proportion de beautés est bien plus faible dans le groupe féminin que dans le groupe masculin. En outre, la proportion de laiderons est plus importante chez les femmes. La moyenne esthétique est nettement supérieure chez l'homme.

– Quelle chance pour vous, mon cher Celsius, d'avoir passé les tests il y a plus de dix ans !

– Lors de ma dernière promotion, il y a huit ans, je les ai repassés et j'ai été reçu premier en beauté.

– Ah ? Il semblerait que les critères de beauté aient changé.

– J'ai 136 % de coefficient esthétique, ce qui est phénoménal.

– Coefficient esthétique ? Ils ont osé !

– Il le fallait. À partir du moment où la beauté devenait un critère officiel, il nous fallait des bases objectives pour évaluer l'esthétique des sujets.

— Puis-je savoir qui a eu le mauvais goût de fixer ces « bases objectives » ?

— Un comité esthétique a été constitué.

— Qui étaient les membres de ce comité ?

— Je n'ai pas le droit de vous le dire.

— Cela ne m'étonne pas. Je constate une certaine permanence au cours des siècles. À mon époque, quand je rencontrais une personne dont le quotient intellectuel était remarquable, sa conversation était le plus souvent celle d'un abruti. Quant à vous, vous n'êtes certes pas repoussant, mais vous n'êtes pas terrible.

— C'est cela. Et vous, je devine que votre quotient intellectuel est en dessous de la moyenne.

— J'ai refusé de passer les tests. Cela dit, je suis en effet persuadée d'avoir le quotient intellectuel d'une jacinthe. Et j'ai quelques raisons de penser, à vous regarder, qu'en 2580 mon coefficient esthétique avoisinerait zéro.

— Je ne ferai pas de commentaire.

— Voilà une réponse qui en dit long.

— À l'épreuve d'intelligence, l'examinateur m'a demandé...

— Non, Celsius, je ne veux pas le savoir.

— Quel est cet obscurantisme ?

— Cela n'a rien à voir, c'est épidermique : je suis allergique aux premiers de la classe. Alors, je vous adresse toutes les félicitations que vous voulez, mais je n'ai pas envie d'écouter le récit de votre examen — en particulier s'il s'agit de votre épreuve d'intelligence. Je pressens que votre exposé me consternerait et me mettrait hors de moi.

— J'avais raison : vous échoueriez aux trois grands examens élitaires. Surtout aux tests portant sur le caractère.

— Je m'en flatte.

— Réaction typique des ratés.

— Puisque je suis une ratée en 2580, soyez cohérent : renvoyez-moi en 1995.

— Il n'en est pas question. Vous ne reverrez jamais votre époque.

— Votre machine ne permet pas de renvoyer une personne à son siècle ?

— Si. Mais vous resterez ici par précaution politique.

— Allons ! Quel danger une pauvre ratée peut-elle vous faire courir ?

– Les ratés sont souvent les plus nuisibles.
Et vous semblez oublier Pompéi.

– Pompéi est détruite depuis 2501 années.
Je ne vois pas en quoi mes conversations de
1995 pourraient y changer quoi que ce soit.

– D'abord, Pompéi n'est pas détruite, elle
est préservée. Et puis, ce n'était pas il y a
2 501 années, c'était il y a un an.

– Vue de l'esprit.

– Si vous aviez assisté à nos travaux, vous ne
diriez pas cela.

– Je n'ai pas eu cet honneur. Renvoyez-moi
à mon époque.

– Avec tout ce que vous savez désormais ?
Comment oserions-nous vous relâcher ?

– Je vous jure que je ne raconterai rien à
personne.

– Si j'avais un secret, ce n'est certainement
pas à vous que je le confierais.

– Et pourquoi, s'il vous plaît ?

– Vous êtes écrivain, me semble-t-il.

– Je n'écris pas des livres de science-fiction.

– Précisément. Ce qui est arrivé à Pompéi
n'est pas de la science-fiction.

– Si je le racontais dans un bouquin de 1995, pas un lecteur ne me croirait.

– On ne sait jamais.

– Vous me surestimez. Lisez les critiques de mon temps : on ne me prenait pas au sérieux.

– Et vous, vous nous sous-estimez : si nous sommes capables de provoquer une éruption volcanique avec 2 500 années de retard, nous sommes capables aussi de faire prendre au sérieux une plumitive d'il y a 585 ans. Qui peut le plus peut le moins.

– On voit bien que vous ne connaissez pas le monde littéraire de mon siècle. Provoquer une éruption volcanique me paraît plus facile que de changer la réputation d'un écrivain.

– En tout cas, si vous écriviez dans vos livres des énormités comparables à celle que vous venez de proférer, il ne fallait pas vous plaindre de ne pas être prise au sérieux.

– Je ne me plains pas ! Je demande seulement à être renvoyée en 1995 !

– Quelle inconséquence ! Pourquoi désirez-vous regagner une époque qui vous accorde si peu de crédit ? Aujourd'hui, nous vous prenons tellement au sérieux que nous avons peur de vos révélations. Vous devriez être flattée.

– Au contraire. J'ai horreur d'être prise au sérieux. C'est pour cela que j'aime 1995.

– 1995. Quelle faute de goût.

– J'aime cette année-là depuis une demi-heure environ, c'est-à-dire depuis que je connais la vôtre.

– C'est regrettable, car vous ne la reverrez jamais. Vous auriez dû apprendre à l'aimer plus tôt.

– C'est un cauchemar. Je vais me réveiller dans un hôpital européen, en 1995.

– En 2580, nous avons un moyen infaillible pour prouver aux gens qu'ils ne rêvent pas.

– Je hais le vingt-sixième siècle. Je ne veux pas connaître votre moyen infaillible. Si vous essayez de me le dire, je me bouche les oreilles.

– Il suffit de...

Je me bouchai les oreilles. Je voyais les lèvres de Celsius qui continuaient à remuer. J'éprouvai un certain soulagement : en 2580, il était encore possible de se boucher les oreilles. Tout n'était pas perdu.

32

Quand les mouvements labiaux de mon hôte s'arrêtèrent, je baissai les mains.

– Refuser d'écouter la vérité, vous trouvez cela responsable ?

– En 1995 existait un animal qui m'était sympathique : on l'appelait autruche.

– L'autruche existe plus que jamais. Elle a remplacé la poule. Nous élevons les autruches en usine : chaque animal produit 2 kg d'œufs par jour, ce qui est très supérieur au rendement de la poule.

– Les pauvres bêtes peuvent-elles enfouir leur tête dans le sol de vos usines ?

– Impossible : c'est du béton virtuel.

– Parce que même le béton est virtuel aujourd'hui ? Renvoyez-moi en 1995.

– Jamais.

– Examinons la question logiquement. Imaginons que je revienne en 1995 et que je sois devenue assez éloquente pour convaincre les gens des agissements des Ponantais de 2580. Qu'est-ce que cela change pour vous ? En 1995, l'éruption du Vésuve est une réalité acquise depuis 1916 années. Alors, que je sois le moins sérieux des écrivains ou Prix Nobel de Littérature, mes dires n'auront aucun impact sur le sort de Pompéi.

— Vous n'avez rien compris. L'éruption du Vésuve est une réalité acquise depuis une année. Son historicité est trop fragile pour que nous prenions le moindre risque.

— Attendez, cela ne tient pas debout...

— Mais si ! Savez-vous ce qu'était Pompéi en 2578 ? Non, ne vous bouchez pas les oreilles. En 2578, il n'y avait pas de Pompéi. Il n'y avait rien à l'endroit des ruines. Et même au sein de l'élite, il n'y avait personne pour savoir ce que signifiait ce mot étrange : Pompéi.

— C'est une aporie, ce que vous me racontez.

— Pas plus que votre présence ici. C'est grâce à moi que Pompéi existe à nouveau. C'est moi, Celsius, le cerveau le plus brillant de ma génération, qui ai découvert cette cité et qui ai pris conscience de son importance.

— À votre place, je ne m'en vanterais pas.

— Vous n'y êtes pas, à ma place ! Et figurez-vous que je suis très fier de mon acte.

— Je l'avais remarqué.

— Vous n'avez pas l'air de vous rendre

compte que, sans moi, vous n'auriez jamais eu le bonheur d'admirer les ruines de Pompéi.

— Avec ou sans vous, je n'ai pas eu ce bonheur. Je ne suis jamais allée à Pompéi.

— Quand je dis vous, je parle de la civilisation de votre époque. Faites l'effort de ne pas tout ramener à votre petite personne.

— C'est pour me donner une leçon de morale que vous m'avez convoquée ici ?

— Un peu d'humilité vous siérait, je crois.

— C'est vous qui me parlez d'humilité ? Il y a une minute, vous vous traitiez de cerveau le plus brillant de votre génération !

— Et pour cause : c'est moi qui ai eu l'idée de sauver Pompéi du naufrage de l'Histoire.

— Je me permets de vous signaler qu'un écrivain de 1995 vous avait devancé.

— Devancé ? Amusant. Comment avez-vous pu devancer une réalité vieille de 1916 années ?

— Tout à l'heure, vous disiez que l'éruption avait eu lieu il y a un an !

— Pour nous, oui. Pas pour vous.

— Cela n'a pas de sens !

— Si vous étiez vraiment intelligente, vous comprendriez.

— J'ai été la seule de mon époque à découvrir ce qui s'était passé à Pompéi ! Sans me vanter, mon cher Celsius, mon intelligence me semble à la hauteur de la vôtre.

— Nuance, mon enfant : il ne faut pas confondre intelligence et perspicacité. Vous avez eu assez de clairvoyance pour donner une interprétation exacte d'un événement datant de 1916 années. Moi qui vous parle, je ne me suis pas contenté d'expliquer des faits. Il n'est d'intelligence que créatrice, et j'ai créé.

— Créé ? Tuer la population d'une ville, vous appelez cela créer ?

— Je vous rappelle qu'en 2578, il n'y avait rien, absolument rien, à l'endroit des ruines de Pompéi. Par une acrobatie logique sans précédent, j'ai substitué à ce néant les vestiges les mieux préservés de l'Histoire. Mon intelligence est celle d'un démiurge quand la vôtre conviendrait tout au plus à un détective privé.

— J'étais romancière.

— C'est ce que je voulais dire. Développer une idée par écrit, c'est une fantaisie, un passe-temps. Donner une réalité à une idée telle que la mienne, vous n'en auriez jamais eu les moyens intellectuels.

— Sans doute. Mais même si j'en avais eu les moyens, je ne l'aurais pas fait. Je n'aurais jamais pris la décision de mettre à mort des milliers de personnes.

— C'est normal. Les statistiques le confirment : le sens moral disparaît au-delà de 180 de quotient intellectuel.

— Et vous avez l'air d'en être fier, ma parole !

— Pour que je sois capable de honte, il faudrait que j'aie le sens moral, et comme mon quotient intellectuel est de 199...

— Eh bien moi, du haut de mon quotient intellectuel de jacinthe, je me permets de vous traiter non seulement de salaud, ce qui ne vous étonne pas, mais aussi d'imbécile !

— Amusant.

— Imbécile, oui ! Une personne qui oublie ses propres intérêts est idiote.

— J'ai oublié mes intérêts ?

— En donnant un tel exemple aux siècles à venir, vous vous exposez à subir un sort identique, pauvre crétin !

Celsius éclata de rire.

— Je crains que votre quotient intellectuel ne soit inférieur à celui d'une jacinthe, ma chère. Vous n'avez rien compris. Nous avons préservé Pompéi en tant que modèle architectural. Regardez autour de vous. L'architecture d'aujourd'hui est un cauchemar grandiloquent. Nous ne courons donc aucun risque.

— Vous n'en savez rien. En 3125, les gens penseront peut-être que ce cauchemar grandiloquent était exquis.

— Vous oubliez la clef de voûte de l'univers : l'énergie. L'an passé, il nous a fallu en consacrer une telle quantité à l'éruption, conjointe au recul dans le Temps, que l'humanité n'aura plus jamais les moyens de recommencer.

— D'ici 3125, on aura trouvé une nouvelle source d'énergie.

— Impossible. De 2150 à 2400, un comité composé de vingt millions de cerveaux supérieurs a passé en revue la totalité des virtualités énergétiques présentes et à venir. Les conclusions furent formelles : on aura beau outrepasser les bornes de l'imagination scientifique, on ne trouvera plus d'énergie dans notre système solaire, à moins d'un nouveau big bang qui remettrait les compteurs à zéro.

– Je n'ai jamais rien entendu d'aussi bête de ma vie.

– J'ai peur que vous n'ayez pas assez d'intelligence pour vous permettre ce verdict.

– Je regrette : prétendre avoir été exhaustif quant aux potentialités de l'avenir, c'est un sommet dans l'histoire de la sottise.

– Soyez certaine que votre jugement ne nous intéresse pas.

– Je n'avais pas d'illusions sur ce point. Mais plus vous dénigrez mon cerveau, moins je comprends votre peur de me voir retourner en 1995.

– Je vous l'ai déjà dit : ce sont les petits esprits qui sont les plus nuisibles.

– Admettons. C'est sous l'angle logique que votre attitude m'échappe. Car enfin, il est irrecevable que mon intervention puisse remettre en cause une éruption vieille de 1916 années.

– Ne vous enfoncez pas là-dedans. Vous vous noyez dans l'anachronisme. Vous ne pouvez pas savoir qu'il y a quarante ans, un chercheur du nom de Marnix a trouvé une virtualité qui dépasse votre pauvre cervelle : le principe de quandoquité.

— Marnix. Un Hollandais ?

— Vous êtes à pleurer. Je viens de vous révéler l'une des plus grandes prouesses de l'intelligence humaine, et vous, la seule chose qui vous préoccupe, c'est cette question archéologique de la nationalité !

— Vous m'avez avertie d'entrée de jeu que je n'y comprendrais rien. Alors, je me raccroche à ce que mes misérables facultés peuvent saisir.

— Mais que Marnix ait des ancêtres hollandais ou suédois, qu'est-ce que cela change ?

— Rien.

— En ce cas, pourquoi vous y intéressez-vous ?

— Je ne sais pas. Peut-être parce que ça prouve une certaine continuité historique : les Hollandais ont toujours été un peuple brillant. Je découvre qu'ils le sont restés.

— Et puis après ?

— Et puis après, rien. Cela m'émeut.

— Ridicule.

— Soyez certain que votre jugement m'indiffère, mon cher Celsius.

— Et le principe de quandoquité, cela vous intéresse ?

— Comme tout ce que je ne comprends pas, oui.

— Hélas, je crains que vous ne le compreniez jamais.

— J'adore les choses que je ne comprendrai jamais.

— Comme la plupart des découvertes de génie, la quandoquité repose sur une idée simplissime, qui est l'insaisissabilité de l'ontogenèse.

— C'est merveilleux : j'ai déjà cessé de comprendre. Entre nous, votre idée simplissime porte un drôle de nom.

— Tout le monde a fait cette expérience : il suffit de dire « maintenant » pour que ce mot ne soit plus valable. Le présent ne correspond à aucune réalité. En reliant ce « maintenant » avec le concept de lieu et le concept d'individu, on obtient un point à triple détermination, que l'on appelle...

— Le M.I.M. ! Le point moi-ici-maintenant.

— Comment savez-vous cela, vous ?

— Votre quadrisaïeul n'était même pas

encore dans le code génétique des spermato-
zoïdes de son quadrisaïeul que les linguistes
parlaient déjà de ce point, mon petit Celsius.

— Pour déplacer un point, il est nécessaire de
désintégrer ses coordonnées. Le « maintenant »
fut on ne peut plus simple à détruire. Pour
dissiper la détermination « ici », il suffisait de
mettre en apesanteur la chose que nous vou-
lions transporter — chose qui paraissait devoir
être un humain, c'est-à-dire un individu. Faire
disparaître ce « moi » fut autrement difficile.
Comment enlever à quelqu'un la conscience
de son individualité sans toucher à son équilibre mental ?

— Ces scrupules m'étonnent de vous.

— Ce n'étaient pas des scrupules. Pour que
notre voyage ait une quelconque valeur, il nous
fallait un voyageur sain d'esprit. Cela va de soi.

— Comment avez-vous fait ?

— Sans Marnix, rien n'eût été possible. Il
réunissait deux formations sans rapport appa-
rent : il était physicien et spécialiste de l'épilepsie.

— Et alors ?

— L'épilepsie, qui n'est pas vraiment une

maladie, est un phénomène beaucoup plus répandu qu'on ne le croit. En dehors des crises, l'épileptique est un sujet sain. Pendant, sa triple détermination M.I.M. s'évapore complètement.

— Ne me dites pas que vous avez envoyé en migration temporelle des épileptiques en pleine crise !

— Mais si.

— C'est monstrueux !

— Vous êtes aussi bornée que les comités éthiques de votre siècle. Où est le mal ? La crise d'épilepsie, qu'elle soit grave ou bénigne, est une absence. Le sujet ne se rend absolument pas compte de la transplantation.

— Qu'est-ce que vous en savez ?

— Moi, rien. Mais vous, vous devriez le savoir.

— C'est malin. J'étais sous anesthésie générale.

— Non.

— Comment, non ?

— Nos expérimentations sont formelles. Il est impossible de faire migrer un dormeur, que son sommeil soit naturel ou artificiel. Le point

M.I.M. n'est pas effacé par l'état hypnotique.
À preuve, les rêves, qui sont une persistance de
l'individualité – individualité certes modifiée,
bien attestée cependant.

— En ce cas, comment avez-vous procédé
avec moi ?

— Enfantin. Nous avons attendu que vous
ayez une crise.

— Une crise de quoi ?

— D'épilepsie, voyons.

— Mais je ne suis pas épileptique !

— Eh si.

— Quoi ?!

— Je vous le répète : l'épilepsie est beaucoup
plus répandue qu'on ne le croit. Certains cas
sont très difficiles à diagnostiquer. Pas le vôtre :
il m'a suffi de vous entendre parler pendant
cinq minutes pour comprendre.

— Vous mentez ! Vous essayez de m'avoir !

— Quel intérêt aurais-je à vous mentir ?

— Aucun. Vous mentez par pure méchan-
ceté !

— Allons, un peu de sérieux, voulez-vous ?
Il y a plusieurs sortes d'épilepsies La vôtre
est bénigne mais indubitable. Votre manière

d'interrompre vos phrases au moment le plus incongru, de préférence entre l'auxiliaire et le participe, est typique. Votre débit de parole témoigne de fluctuations incessantes de votre degré de conscience.

— N'importe quoi ! Vous me faites rigoler, Celsius.

— Vous avez tort de rire de ces choses-là. Vous avez eu des crises moins innocentes, vous devriez le savoir.

— Je ne vois pas de quoi vous parlez.

— Si, vous le voyez. La nuit du 3 au 4 mai 1986...

— Taisez-vous.

— Deux jours avant votre opération, le 6 mai 1995...

— Je vous en prie, ne dites plus rien.

— Alors, ne niez plus. En outre, vous avez environ quarante phases d'absence par jour. Le 8 mai, nous avons guetté votre première phase après l'anesthésie, et hop !

— J'aime ce « hop ».

— Le paradoxe, c'est qu'il s'est avéré bien plus facile de transplanter des humains que des choses ou des phénomènes... Mais... je rêve ! Vous pleurez !

– Je suis bouleversée... Je viens d'apprendre que j'étais épileptique, et je...

– Qu'est-ce que c'est que cette sensiblerie ?

– J'aimerais vous y voir.

– Où est le mal ? Jules César était épileptique.

– Je n'ai jamais eu envie d'être Jules César.

– Vous êtes exaspérante. Et puis, vous avez de bien meilleures raisons pour pleurer. Vous ne reverrez plus jamais votre époque : ça, c'est un bon motif de désespoir. L'épilepsie, non.

– Vous avez le génie de la consolation, vous.

– Je reprends mon raisonnement. Comment mettre une chose ou un phénomène en état de crise épileptique ? Marnix a trouvé la solution.

– Laissez-moi deviner : il a plongé toute la population de Pompéi dans une crise d'épilepsie collective ?

– N'allez pas si vite en besogne. Je vous parle de recherches vieilles de quarante ans – je n'étais pas né, personne ne songeait à Pompéi. C'était l'époque des pures expérimentations techniques. On propulsait des objets dans le passé.

— Les statues de l'île de Pâques ? Les pyramides d'Égypte ?

— Quelle drôle d'idée ! Nous n'allions pas nous embarrasser de ces grands machins. Non, nous avons employé des tissus...

— Le suaire de Turin ?

— Arrêtez, avec votre folklore à deux sous, voulez-vous ? Non, des morceaux d'étoffe, des mouchoirs. L'intérêt n'était pas dans la nature de l'objet, mais dans le procédé. Marnix s'était efforcé de rechercher, pour les choses, un équivalent à l'épilepsie. Ce fut alors qu'il découvrit une loi inespérée, la réversibilité anionique. En bombardant un objet avec la valeur inverse de... Mais je suis idiot de vous expliquer cela, vous n'y comprenez rien.

— En effet.

— Il fallut ensuite s'attaquer aux phénomènes. Le plus facile fut l'ébullition. Grâce à la réversibilité anionique, nous avons transplanté des ébullitions avec une précision telle que nous avons pu cuire des œufs à la coque à la perfection.

— J'imagine le menu sophistiqué : « Hors-d'œuvre : œufs à la coque cuits pendant la bataille de Marignan ».

— Après, nous sommes devenus capables d'expédier des combustions pures et simples à des dates précises.

— Le buisson ardent, c'était vous ?

— Cessez ces enfantillages, s'il vous plaît. Pour les éruptions, nous avons fait comme les savants de votre époque avec la bombe atomique : nous nous exercions en des lieux désertiques. Vu la pénurie d'énergie, nous n'avons pas eu la possibilité de faire plus de trois essais. La première tentative fut un échec : Saint-Pierre fut détruite, suite à une erreur de calcul. Nous avions programmé l'éruption de la montagne Pelée pour quarante-cinq siècles plus tôt. Nos appareils manquaient encore de précision.

— Vous n'avez pas honte ?

— Je crains que votre époque n'ait aucune leçon à nous donner sur ce point.

— Mais vous avez entendu la légèreté avec laquelle vous mentionniez ce « petit incident technique » ?

— Oui, je sais, en 1995, la planète entière eût battu sa coulpe pendant cinquante ans. Et je vous pose cette question : qu'est-ce que cela eût changé ?

— Et dire que, de mon temps, on me traitait de cynique.

— Vous, cynique ? Un enfant de chœur. Il nous fallut attendre l'année dernière pour que le procédé devienne sûr à 99,99 %.

— Vous voulez dire que vous avez quand même pris le risque de tuer la population de Pompéi pour rien ? Vous avez osé prendre 0,01 % de risque de rater votre coup, de détruire la cité en même temps que ses habitants ?

— Vous devriez savoir que la proportion 100 % est exclue à tout jamais de la terminologie scientifique.

— Comment la morale a-t-elle pu se dégrader à ce point ?

— La morale, c'est un grand plat de viande. Il était bien garni quand il est arrivé sur la table. Il a circulé dans l'ordre des préséances et, comme d'habitude, les premiers se sont trop servis. Quand le plat est arrivé au bout de la table, il était vide. Alors, furieux, les convives lésés ont mangé la maîtresse de maison. Qui faut-il accuser ?

— Je ne polémiquerai pas. Il y a cependant un détail qui m'intrigue. Pourquoi avoir choisi Pompéi ?

— Vous désapprouvez nos critères artistiques ?

— Non. Mais tant qu'à changer le cours de l'Histoire, n'avez-vous pas été tentés de faire plus grand ? D'annuler le génocide nazi, par exemple, en supprimant ses responsables.

— Pour des raisons que je n'ai pas le droit de vous expliquer, cela ne nous intéressait pas.

— « Cela ne nous intéressait pas » ! Inqualifiable ! « Je suis désolé, j'étais à côté du bain quand votre bébé était en train de s'y noyer, mais je ne l'ai pas sauvé parce que cela ne m'intéressait pas » !

— Comparaison sans aucune valeur. De toute façon, je n'ai pas le droit d'aborder ce sujet.

— Je vois que nous sommes en plein dans l'ère de la transparence.

— Autant qu'à votre époque. Mais nous, nous ne sommes pas hypocrites.

— Cette bonne vieille hypocrisie, comme elle me manque !

— Nous avons eu à régler des questions tellement plus terribles que les vôtres. Votre siècle était celui des Antigones, ivres de leur éloquence au service du Bien. Le nôtre est celui des Créons : nous, au moins, nous avons pris nos responsabilités.

— C'est ça, vantez-vous !

— Le plus drôle, c'est que ce changement d'attitude n'a pas modifié la nature de vos actes. À votre époque aussi, quand il fallait choisir entre le Beau et le Bien, le Beau l'emportait toujours.

— Vous trouvez ?

— Mais oui. Je vous parle des vrais puissants de votre temps, qui étaient les riches. Lors de leurs prestigieuses ventes aux enchères, ont-ils jamais mis en jeu une léproserie ? Une centrale nucléaire défectueuse ? Un orphelinat surpeuplé ?

— C'est malin ! Qui en aurait voulu ?

— Si vous nous comprenez si bien, je ne vois pas ce que vous nous reprochez.

— Il n'y a pas lieu de s'étonner que des riches se soient conduits en riches.

— Alors, ne vous étonnez pas que des personnes responsables se conduisent en personnes responsables. Et ce qui était valable de votre temps l'est encore et le sera toujours : de toute éternité, le Beau est plus rentable que le Bien.

— Rentable !

— Réfléchissez. Le Bien ne laisse aucune trace matérielle — et donc aucune trace, car vous savez ce que vaut la gratitude des hommes. Rien ne s'oublie aussi vite que le Bien. Pire : rien ne passe aussi inaperçu que le Bien, puisque le Bien véritable ne dit pas son nom — s'il le dit, il cesse d'être le Bien, il devient de la propagande. Le Beau, lui, peut durer toujours : il est sa propre trace. On parle de lui et de ceux qui l'ont servi. Comme quoi le Beau et le Bien sont régis par des lois opposées : le Beau est d'autant plus beau qu'on parle de lui, le Bien est d'autant moins bien qu'il en est question. Bref, un être responsable qui se dévouerait à la cause du Bien ferait un mauvais placement.

— Pourtant, le Mal, on en parle !

— Ah oui : le Mal est encore plus rentable que le Beau. Ceux qui ont investi dans le Mal ont fait le meilleur placement. Les noms des bienfaiteurs de votre époque sont oubliés depuis longtemps, quand ceux de Staline ou de Mussolini ont à nos oreilles des consonances familières.

— Soit. Vos origines sont suédoises. Si vous aviez été d'origine juive, le génocide nazi vous eût sans doute paru un enjeu supérieur.

— Rien n'est moins sûr. Les peuples tiennent à leurs ancêtres martyrs. C'est la seule aristocratie qui ne leur soit jamais contestée.

— Soyez gentil, parlons d'autre chose. Ma capacité de cynisme affiche complet.

— Je ne demande pas mieux, moi. C'est vous qui avez tenu à aborder ces sujets oiseux, quand je vous parlais de choses nobles et sensées, telles que nos recherches technologiques.

— C'est ça. Parlez-moi de recherches technologiques, qu'on se marre un peu.

— La réversibilité anionique a pour inconvénient majeur son coût énergétique, qui est affolant. À votre époque, avec le nucléaire, la note ne vous eût pas paru si élevée. Mais le nucléaire est épuisé depuis longtemps, comme toutes les autres sources, d'ailleurs.

— Toutes les autres ? Il n'y a plus de soleil ?

— Si, mais le malheureux n'y eût jamais suffi. Heureusement, il nous reste l'eau.

— Quoi ? Un tel potentiel dans la simple houille blanche ?

— Non : dans le contraire de la houille blanche. Vous allez rire : l'essentiel de notre énergie nous vient d'un système élémentaire, bourré de défauts et de rendement médiocre, mais qui a la qualité d'être inépuisable. Il s'agit du surpresseur. Son principe est celui de la cale sèche. Un cylindre vide est superposé à un cylindre de diamètre à peine supérieur et rempli d'eau, au fond duquel des tuyaux communiquent avec le cylindre vide. Le poids du cylindre vide le fait s'enfoncer légèrement dans le cylindre plein, ce qui pousse l'eau dans les tuyaux et donc dans le cylindre vide, ce qui le rend plus lourd et le fait s'enfoncer davantage, etc. – il suffit qu'il y ait, en amont, une alimentation en eau pour reremplir le cylindre plein...

— Attendez, il y a un point qui m'échappe dans votre histoire...

— Oui. Je me demande ce qui m'a pris de vouloir vous l'expliquer.

— Mais le cylindre vide ne peut pas être vide puisqu'il est plein...

— C'est bien ce que je pensais : ce système est trop simple pour que vous le compreniez. N'insistez pas. Contentez-vous de savoir que le rendement du surpresseur est de 10 %, autant dire rien. Mais il ne coûte rien non plus, et nous en avons placé partout où il y avait de l'eau en amont sur cette planète. Ce qui fait beaucoup.

— Et cela vous suffit ?

— Non, mais c'est l'essentiel. Nous accumulons aussi les énergies annexes : le vent des tunnels, les courants d'air citadins, l'accumulateur orgastique...

— Comment dites-vous ?

— On a observé que certaines femmes avaient des orgasmes extraordinaires auxquels correspondaient de non moins extraordinaires influx énergétiques.

— Et... comment faites-vous pour capter cette énergie ?

— Nous invitons les femmes dotées de sens

civique à subir une petite intervention chirur-
gicale : nous plaçons dans leur bas-ventre un
accumulateur de la taille d'un cachet d'aspi-
rine. Chaque mois, elles viennent à la basilique
décharger leur accumulateur dans le silo cen-
tral ; le transfert se fait par une aimantation
élémentaire, il n'est donc pas nécessaire de réopérer.

— Il ne manquerait plus que ça.

— En plus, les femmes porteuses d'un accumulateur bénéficient tous les six mois d'un examen gynécologique gratuit.

— Comme elles doivent être heureuses !

— Raillez, raillez.

— Vous n'avez pas pensé à récupérer l'énergie
de la digestion des ruminants ?

— Il n'y a plus de ruminants.

— Voilà qui simplifie les choses. Mais alors...
il n'y a plus de vaches ou de chèvres ?

— En effet.

— Que leur reprochiez-vous donc, à ces pauvres bêtes ?

— Rien. Leur rendement n'était pas suffisant.

— Le steak, le fromage, c'est de l'archéologie ?

— Oui et non. En fait, nous avons remplacé l'élevage des ruminants par celui des baleines. Quoi de plus rentable qu'un cétacé ?

— La baleine n'a pas disparu ?

— Elle n'a jamais été aussi présente. Nos océans regorgent de baleines qui nous fournissent des tonnes de viande rouge très pauvre en cholestérol, des hectolitres de lait...

— Du lait ? Puis-je savoir comment l'on procède pour traire une baleine ?

— Comme avec une vache, mais avec un grand seau et un grand tabouret. Non ; c'est un système de capsules sous-marines avec sas, tuyaux, appel des animaux par ondes — les baleines sont gentilles, amicales, elles se laissent traire sans difficulté.

— Adorable. Au fond, le principe de votre époque, c'est le gigantisme : les poules sont remplacées par les autruches, les vaches par les baleines...

— Question de rendement : nous avons dû installer tant et tant de surpresseurs sur terre que nous n'avons plus beaucoup de place. Si nous avions pu faire de la vache un animal marin, nous aurions sans doute pu la conserver.

Cela dit, vous n'avez pas tort : nous aimons ce qui est grand.

— Ne m'en veuillez pas d'être obsédée par ce qui me concerne, mais cette tendance s'est-elle propagée à vos lectures ? Quel est le volume moyen des livres d'aujourd'hui ?

— C'est toute une histoire. Vous rappelez-vous cette affaire qui avait tant amusé les Européens de votre siècle ? Un important lectorat américain avait demandé que l'on produise une nouvelle édition de la Bible d'où seraient retranchés les passages tristes. Les croyants se disaient démoralisés par leur livre sacré. Le client est roi, le texte fut expurgé des passages qualifiés de tristes...

— Ciel ! Il a dû leur en rester à peine une plaquette !

— Oui, et une plaquette incompréhensible. L'histoire de Job devenait celle d'un richard qui se réjouissait de ne jamais avoir perdu un sou. Personne ne comprenait pourquoi Judas recevait trente deniers des Romains, puisque le Christ n'était pas crucifié — ce qui rendait sa résurrection délicieusement absurde. Cette Bible, qui ne faisait pas cent pages, avait des allures de happening littéraire : son succès de vente fut phénoménal.

– Qui l'eût cru ?

– La « happy Bible », comme on l'appelait, eut une influence considérable sur la littérature américaine. À la lumière de ce triomphe inattendu, l'édition comprit que le public n'avait besoin ni de logique narrative, ni de profondeur dramatique, ni de volume : on se mit à publier une avalanche de romans de moins de cent pages, dont l'absence d'histoire ne laissait pas place à la moindre mélancolie. Ce fut un raz de marée de best-sellers.

– Le glas des sagas ?

– Entre autres. Comme d'habitude, après s'être beaucoup moqués des Américains, les Européens les imitèrent. Un grand éditeur parisien lança une collection intitulée « Les gens heureux n'ont pas d'histoire » – vieux proverbe qui était comme le slogan de l'initiative américaine. L'Europe fit plus court encore : les romans ne dépassaient pas cinquante pages.

– Je connais des confrères qui ont dû être ruinés.

– Ils se reconvertirent. Les plus bavards

s'essayèrent au haïku. Il y eut des versions « happy » des classiques : *L'Assommoir* de Zola faisait quarante pages, tout Dostoïevski tenait en deux feuillets.

— Si je comprends bien, ma suggestion était fausse : les livres d'aujourd'hui sont minuscules.

— N'allez pas si vite en besogne. C'est à ce moment qu'est arrivée la grande crise énergétique. L'économie est devenue le mot clé : on a repris le principe du livre léger — moins de papier —, mais on a résolu d'en relier plusieurs à la fois — économie de couvertures. Dans le cas des œuvres complètes, il n'y eut pas de problème. Les hésitations apparurent pour les auteurs à œuvre réduite. On dut se résoudre à éditer des ouvrages composites, ce qui aboutissait forcément à des incongruités : c'est ainsi que Baudelaire, Radiguet et Roché furent regroupés en un seul volume et devinrent introuvables l'un sans les autres. Des hordes de cancres ne tardèrent pas à les confondre, parlant des *Fleurs du comte d'Orgel*, du *Spleen de Jules et Jim*...

— Poétique.

– Ce ne fut pas l'avis du public, qui hua les éditeurs. Ces derniers, trouvant une application inattendue de l'adage « *Timeo hominem unius libri* », finirent par ne plus publier les auteurs à œuvre réduite, qui sombrèrent dans l'oubli.

– Quelle horreur !

– Dès lors, les écrivains furent victimes de la psychose de la productivité : comme ils n'avaient aucune chance d'être publiés pour moins de cinq titres, ils se mirent à bricoler des bouquins postiches dont le seul but était de servir de livres annexes à celui qu'ils jugeaient important. Le jeu, en achetant un volume, devenait de trouver lequel des cinq romans publiés avait la faveur de son auteur.

– Je devine que ce n'était pas toujours le meilleur, comme pour Voltaire et *Candide*.

– C'est arrivé. Le résultat est qu'aujourd'hui les livres ne comptent jamais moins de huit cents pages.

– Ce qui confirme mes vues sur le gigantisme actuel. Tant mieux pour vous, d'ailleurs : de mon temps existait un modèle du roman pompier qui s'appelait *Les Derniers Jours de*

Pompéi. Grâce à son petit format, il vous aura été épargné.

— C'est curieux, je n'ai jamais entendu parler de ce livre.

— Tacite, Suétone, ça vous dit quelque chose ?

— Pour qui me prenez-vous ? Oubliez-vous que j'ai été le découvreur de Pompéi à travers les textes anciens, que...

— Du calme, monsieur le premier de la classe. Voyez-vous, si Suétone et Tacite vous sont familiers, il est normal que vous ne connaissiez pas *Les Derniers Jours de Pompéi.* Mais j'imagine vos enfants tombant sur ce roman ou sur le film péplum qui en fut tiré : ils y verraient de la politique-fiction. Attendez... qu'avez-vous dit il y a deux secondes ?

— Que je n'avais pas lu le livre dont vous parliez.

— Non. Vous disiez que vous aviez découvert Pompéi à travers les textes anciens. Cela ne tient pas debout !

— Allons bon.

— Si les Latins ont tant parlé de Pompéi, c'est parce qu'elle a été détruite ! Or, vous n'avez pas pu lire la fameuse lettre de Pline le Jeune à Tacite, racontant l'éruption ! De votre temps, si je puis dire, elle n'existait pas.

— En effet, je n'en ai pas eu connaissance.

— Cette lettre n'a pu être écrite que depuis un an. Foutre, ça n'a aucun sens, ce que je raconte !

— Ce n'est pas une raison pour être vulgaire.

— Mais je me casse la tête avec cette aporie !

— N'insistez pas. Le Temps a beaucoup changé depuis votre temps.

— Expliquez-moi !

— Vous n'y comprendriez rien.

— Je vous ai déjà dit que j'aime ne pas comprendre.

— Moi, je n'aime pas expliquer en vain. Contentez-vous de savoir que cela dépasse votre entendement. Le Temps a des propriétés que personne avant Marnix n'avait été capable de concevoir.

— Dites-moi les propriétés du Temps !

— Pourquoi ? Pour que vous vous rendiez compte de votre fermeture mentale ?

— Faut-il exclure à 100 % que je puisse comprendre ?

– Oui. À votre époque déjà, le fossé qui séparait l'élite des... autres ne cessait de s'approfondir. Aujourd'hui, ce gouffre est devenu insondable. Au passage, je me permets de vous signaler l'inanité de vos paroles : les auteurs latins n'ont pas attendu l'éruption pour parler de Pompéi. Figurez-vous qu'une ville n'a pas besoin d'être détruite pour être intéressante.

– Je suis bien d'accord. Mais, généralement, les humains ne se penchent que sur les décombres. Si Hiroshima n'avait pas été anéantie, personne n'aurait jamais entendu ce nom en dehors du Japon.

– Hiroshima n'était pas un joyau de l'art nippon.

– Et moi, croyez-vous que mes contemporains me trouveront plus intéressante, suite à ma disparition ?

– Vous êtes touchante.

– Au fait, il y a une question que je me pose. Comme je ne connais pas les propriétés du Temps, je ne puis y répondre. Peut-être pourriez-vous m'aider ?

– Que voulez-vous savoir ?

– Suis-je dédoublée ? Y a-t-il une autre A.N.

qui poursuit son existence en 1995 ? J'aimerais savoir si mes proches s'inquiètent, là-bas.

— Votre « là-bas » m'amuse.

— Il y a six siècles, si vous préférez.

— Moi, je ne préfère rien. C'est à vous de savoir ce que vous préférez. Réfléchissez : soit il y a toujours une A.N. en 1995 et donc vos proches ne s'inquiètent pas — mais cette A.N. vous est une étrangère, vous n'avez aucune idée de ce qu'elle fait. Soit il n'y a plus d'A.N. en 1995 et vos proches se tourmentent, mais au moins vous êtes en possession de la totalité de votre personne, vous n'avez pas à redouter les actes de votre moitié, vous savez ce qu'a été votre vie, sans zone d'ombre. Laquelle de ces deux possibilités vous semble le plus acceptable ?

— Aucune.

— Dommage. Il n'y en a pas d'autre.

— Que ceci ne vous empêche pas de me dire laquelle des deux est vraie.

— « Laquelle des deux est vraie » : j'ai l'impression de parler avec le Petit Chaperon rouge. Aucune des deux n'est vraie, voyons ! Rien n'est vrai. L'adjectif « vrai », comme le chiffre zéro, est une expression indispensable du vide.

— Vos discours philosophiques sont très jolis, Celsius, mais j'aimerais quand même savoir si oui ou non il y a encore une A.N. en 1995.

— Comment peut-on se soucier de pareils détails ?

— C'est un détail qui me tient à cœur.

— N'en déplaise à votre cœur, je n'ai rien à vous répondre.

— Mais vous êtes un jean-foutre ! Vous provoquez des éruptions volcaniques avec 2 500 années de retard, le jour de votre choix, et vous n'êtes même pas fichu de me dire si j'existe encore le 9 mai 1995 !

— La question de la persistance de votre existence m'intéresse aussi peu que possible.

— On ne vous demande pas de vous y intéresser ! On vous demande de répondre !

— « On » serait avisé de sentir que mon silence est peut-être gentil.

— Gentil ! C'est la meilleure ! Vous m'enlevez, me séquestrez et m'insultez, et vous vous trouvez gentil !

— Si vous aviez les cartes en main, vous me remercieriez.

— Ah non ! Ces dirigistes qui voudraient en plus qu'on les remercie, je ne peux pas les piffer ! Il m'est arrivé une chose terrible et vous trouvez « gentil » de me la cacher. Eh bien, je vous interdis de décider à ma place !

— Quelle petite imbécile ! Vous voulez connaître la vérité, hein ? Figurez-vous qu'il n'y en a pas ! La seule vérité, c'est celle que vous supporterez le moins : il n'y en a pas.

— Arrêtez vos sophismes et...

— Ce n'est pas un sophisme ! Efforcez-vous de comprendre cet aphorisme de Marnix : « Entre ce qui a eu lieu et ce qui n'a pas eu lieu, il n'y a pas plus de différence qu'entre plus zéro et moins zéro. »

— Qu'est-ce que c'est que ce charabia ?

— C'est le constat le plus effrayant qui ait été fait depuis que quelque chose existe.

— Ouais. Rien ne change ! Pour qu'un pontife soit tenu pour une autorité intellectuelle, il lui suffit de proférer une phrase solennelle et obscure et...

— Et il y aura toujours dans la foule un crétin

qui, sous prétexte qu'il ne comprend pas, décrétera qu'il n'y a rien à comprendre. Rien ne change, en effet. Quand même, de la part de quelqu'un qui avait des prétentions à l'ouverture...

— Je les ai toujours.

— Ah ? En ce cas, c'est navrant. Car l'aphorisme de Marnix n'a rien d'opaque, il est seulement insoutenable : « Entre ce qui a eu lieu et ce qui n'a pas eu lieu, il n'y a pas plus de différence qu'entre plus zéro et moins zéro. »

— Autrement dit, que j'aie continué d'exister après le 8 mai 1995 ou non ne fait aucune différence ?

— Une différence identique à celle qui sépare plus zéro de moins zéro.

— Aucune, quoi.

— Tout dépend de la manière dont vous utilisez le plus zéro ou le moins zéro. C'est à partir de cette phrase que Marnix a développé le principe de quandoquité. La quandoquité entière tient en cette absence d'espace qui sépare plus zéro de moins zéro.

— Concrètement, cela veut dire quoi ?

— Concrètement ? Rien.

— C'est bien ce qui me semblait.

— Voyez-vous, si les génies s'étaient posé la question de savoir si « concrètement » leurs recherches menaient à quelque chose, ou même si « concrètement » les propositions qu'ils développaient avaient un sens, ils n'auraient jamais rien trouvé. Et c'est cependant à partir de cette zone abstraite, la différence entre plus zéro et moins zéro, qu'il a été possible d'effectuer des transplantations à travers le Temps. Transplantations dont vous saisissez mieux que personne le caractère on ne peut plus concret.

— Mieux que personne, oui. Quand je pense que sans ces foutus plus ou moins zéro, je serais restée en 1995 !

— Ces foutus plus ou moins zéro, pour vous citer, n'y sont pour rien. C'est l'utilisation que le cerveau de Marnix en a faite qui est en cause. Cela dit, je me permets de vous signaler que nombre de vos contemporains auraient payé cher pour être à votre place.

— Ces gens-là avaient sans doute une vie infernale ou des ennemis à fuir. Peut-être surtout n'aimaient-ils personne. En ce cas, quitter 1995 devait leur être indifférent.

— Ces gens-là avaient une noble chose qui semble vous faire défaut : une curiosité intellectuelle qui transcendait leur petit moi.

— Je l'ai, cette noble chose.

— On ne dirait pas. Vous vous plaignez sans cesse.

— Il y avait en 1995 des personnes que j'aimais. Je ne peux pas me résigner à l'idée de ne plus les revoir. Ce souci l'emporte sur toutes les curiosités intellectuelles.

— Sentimentalisme de concierge !

— Eh bien oui. Vous êtes impardonnable, Celsius : pourquoi m'avez-vous choisie pour cette transplantation ? Pourquoi n'avez-vous pas sélectionné l'une de ces innombrables personnes qui rêvaient de venir ici ? Vous vous plaignez de ma médiocrité intellectuelle, mais le seul coupable, c'est vous : mon époque ne manquait pas de grands esprits. Pourquoi vous êtes-vous embarrassé de moi, qui n'avais aucune envie de quitter les miens ?

— Je vous répète que je ne vous ai pas choisie. C'est à cause de Pompéi. Vous avez été la première à soupçonner la vérité, nous ne pouvions pas prendre le risque de vous laisser la raconter.

— Vous venez de vous trahir : autrement dit, il n'y a plus aucune A.N. en 1995. Je trouve toujours le moyen d'obtenir les informations que l'on cherche à me cacher.

— Ma foi, si vous tenez à être désespérée...

— Alors quoi ? Tout ça à cause d'une parole malheureuse ?

— Eh oui.

— Tout ça à cause d'une parole lancée presque au hasard, sans y avoir réfléchi ? C'est monstrueux.

— C'est comme ça.

— Le pire, c'est que ça ne m'étonne pas. Ça confirme ce que je pensais sur les paroles malheureuses : elles ont un pouvoir terrifiant ! Combien de fois n'ai-je pas vécu cette situation : une parole sans aucune importance, dite par moi ou par un autre, qui provoquait des catastrophes dont les effets pouvaient durer des années. Aucune réalité humaine n'exprime aussi bien l'idée de destin que les paroles malheureuses et leurs conséquences inexpiables.

— Quelle profondeur !

— Moquez-vous de moi ! Sans cette proposition née d'un détour de ma pensée, et que j'ai

prononcée à haute voix sans même savoir pourquoi, sans cette accumulation d'inanités, je ne
serais pas aujourd'hui en deuil de mon époque.

— Quand les gens de votre siècle mouraient
dans des accidents de voiture, ce n'était pas
pour des raisons plus sérieuses.

— Votre analogie est éloquente : c'est exactement comme si j'étais morte.

— Il faut bien mourir un jour.

— Le problème, c'est que je ne suis pas
morte.

— Ne me donnez pas de mauvaises idées.

— En clair ?

— En clair, quand un individu menace le
groupe, on le liquide.

— Je vous menace, moi ? Comment voulez-
vous qu'une pauvre victime vous menace ?

— Les pauvres victimes sont les pires menaces
qui puissent peser sur une société. Surtout
quand elles sont aussi irritantes que vous.

— Si je suis si irritante que ça, ne vous croyez
pas obligé de faire salon avec moi. Allez jouer
avec votre quandoquité ; il y a encore beaucoup
de chefs-d'œuvre anciens à préserver sous des
couches de lave.

— Hélas, j'ai reçu des consignes vous concernant.

— Ah ! Vous n'êtes donc pas le seul maître après Dieu, chez les Ponantais ?

— Non. Je suis la plus haute autorité intellectuelle. Mais le pouvoir est détenu par ceux qui ont le plus haut quotient de longévité.

— C'est très drôle, votre histoire.

— C'est très sérieux. Après des siècles et des siècles de tâtonnements politiques plus ou moins désastreux, nous avons établi de grandes statistiques, en nous basant non pas sur les vertus, mais sur les dégâts inhérents à chaque régime. Nous avons enfin posé la question du pouvoir d'une manière lucide : au lieu de nous demander quel était le meilleur régime, nous nous sommes demandé quel était le moins nocif. La réponse nous a étonnés : les dirigeants les moins catastrophiques n'étaient pas les plus intelligents, les plus charitables, les plus réalistes, les plus travailleurs, etc. C'étaient tout simplement ceux qui avaient duré le plus longtemps.

— Raisonnement comme un autre pour devenir royaliste.

— Oui, enfin, un royalisme sans roi puisque le chef de l'oligarchie porte le nom de tyran.

— On a restauré la tyrannie ? Comme c'est sympathique !

— En étudiant le passé, nous nous sommes aperçus que, si la tyrannie innommée était nuisible, la tyrannie nommée était le régime le plus sain qui soit. Notre modèle de gouvernement est celui de Pisistrate.

— Mais c'est formidable ! Pisistrate, l'admirable tyran qui publia l'*Iliade* et l'*Odyssée* !

— Oui, enfin... Notre politique éditoriale est un peu différente.

— C'est juste. Avez-vous publié des versions « happy » de l'*Iliade* et de l'*Odyssée* ? Hélène est une brave fille qui parvient à contenter son mari et son amant en même temps, le chien d'Ulysse ne meurt pas...

— Non.

— Ah ! Les scrupules existent encore ?

— Non. Mais le titre *La guerre de Troie n'aura pas lieu* était déjà pris.

— Je ne vous aurais pas cru capable d'humour.

– Être au gouvernement sans avoir d'humour, ce ne serait pas possible.

– Au fond, me transplanter de 1995 à 2580 fut de votre part une démarche purement humoristique.

– Si vous prenez les choses comme ça, à la bonne heure !

– Je ne les prends pas comme ça ; c'est vous qui m'avez enlevée avec ce qui semble être de la désinvolture, à moins que ce ne soit du simple cynisme.

– Je vous le répète : c'est mon sens des responsabilités qui m'y a contraint. J'ai suggéré cette mesure au Tyran qui m'a donné son feu vert, à condition que je vous consacre la majeure partie de mon temps.

– Pourquoi vous a-t-il donné un ordre aussi étrange ?

– Il pensait que vous pourriez nous apporter des renseignements intéressants sur votre époque. Je lui ai expliqué que vous n'étiez pas le genre de personne capable de nous éclairer et que je ne gagnerais rien à converser avec vous.

– Trop aimable.

– Il n'a rien voulu entendre : votre qualification d'écrivain lui jetait une telle poudre aux yeux ! Et me voici condamné à vous faire la conversation alors que – vous vous en doutez – j'ai des occupations autrement passionnantes. Aussi, de grâce, cessez de suggérer que je vous ai transplantée pour mon plaisir, cela devient irritant.

– Mon pauvre Celsius, retournez à vos affaires ! La délation, ce n'est pas mon genre. Je ne dirai rien à personne. Vous pouvez me laisser seule jusqu'au siècle prochain, à condition que vous m'apportiez une liasse de papier vierge et de quoi écrire.

– Il est hors de question que je désobéisse au Tyran. J'ai prêté serment.

– Et le parjure, ça n'existe plus ?

– Oh si. Tout comme la destitution politique. Voyez-vous, je tiens à ma place.

– Je me demande ce que votre Tyran avait derrière la tête en vous donnant un tel ordre.

– Allez savoir.

– Êtes-vous célibataire ?

– De quoi vous mêlez-vous ?

– Le Tyran a peut-être des instincts d'agence

matrimoniale. Il aura pensé que je suis un beau parti pour vous.

— Moi avec vous ? Mieux vaut entendre cela que d'être sourd.

— Vous êtes d'un galant !

— Est-ce ma faute si vous proférez des suggestions aussi absurdes ?

— Écoutez, j'ai cru comprendre que d'après les critères actuels j'étais une mocheté, mais je n'en suis pas moins un être du sexe féminin...

— Là n'est pas la question, enfin !

— Où est-elle, alors ?

— Le mariage a changé depuis votre époque. Il est devenu le contrat le plus sordide qui soit.

— Il n'a donc pas tellement changé.

— Si ! Sa législation a été calquée sur celle du bail à loyer.

— Je ne comprends pas.

— Le mariage est devenu un contrat résiliable tous les trois ans.

— Quoi ?

— Oui. Tous les trois ans, les couples mariés reçoivent un formulaire administratif leur demandant s'ils veulent reconduire leur mariage. Il suffit que l'un des deux ne signe pas pour que le contrat soit annulé.

— Vous me faites marcher, Celsius !

— Non ! Cette évolution était devenue iné-vitable. Il y avait de plus en plus de divorces. La seule manière d'enrayer ce phénomène était de rendre le mariage renouvelable, et donc rési-liable.

— Au fond, ce n'est pas si mal.

— C'est ce que nous avons cru, au début. Nous n'avions pas prévu que cela allait donner lieu à une escalade de la mesquinerie conjugale. Les scènes de ménage donnent désormais lieu aux chantages les plus bas : « Et si tu n'accep-tes pas de..., je résilie ! » ou : « Et si tu ne cesses pas de..., je résilie ! » sont devenues les phrases les plus courantes du nouveau discours matrimonial.

— Et c'est pour cette raison que vous avez voulu rester célibataire ? Je ne vous aurais pas cru si romantique.

— C'est en effet ma principale raison. S'y ajoute que je n'aurais pas le temps de me marier.

— Vous avez pourtant le temps de me racon-ter tout ça.

— Mais non ! Je vous ai déjà dit que je n'en avais pas le temps. C'est parce que le Tyran m'en a donné l'ordre.

— Bien fait pour vous. Vous n'aviez qu'à y réfléchir à deux fois, avant de décider de me transplanter !

— Vous allez encore me le reprocher longtemps ?

— Aussi longtemps que vous ne m'aurez pas renvoyée à mon époque.

— On ne vous renverra jamais ! Jamais !

— En ce cas, je ne cesserai pas de vous le reprocher.

— Ce que vous êtes agaçante ! Et dire que vous m'avez proposé le mariage !

— Moi, vous proposer le mariage ? Vous êtes fou.

— Je regrette. Tout à l'heure, c'est vous qui avez parlé de mariage.

— Je parlais des intentions de votre Tyran, pas des miennes.

— On dit ça.

— Je vois que la fatuité masculine est toujours à l'ordre du jour. Vous n'êtes pas mon genre, vous savez.

— Vous non plus.

— En ce cas, nous sommes faits pour nous entendre.

— Comme vous y allez !

— Dites-moi tout, Celsius : vous haïssez le Tyran, n'est-ce pas ?

— Non.

— Vous le méprisez, vous êtes écœuré de devoir obéir à un imbécile, n'est-ce pas ?

— Qu'est-ce que vous radotez ?

— Allons ! Vous qui êtes au sommet de la pyramide ponantaise, comment tolérez-vous d'être aux ordres d'un homme qui a la moitié de votre quotient intellectuel ?

— Les deux tiers.

— Vous voyez bien que vous y avez déjà pensé !

— Je n'ai pensé à rien. Tout le monde connaît le quotient intellectuel de tout le monde.

— Depuis combien de temps avez-vous envie de renverser le Tyran ?

— Avez-vous fini de proférer de pareilles énormités ?

— Comment un être aussi ambitieux que

vous ne serait-il pas taraudé par cette obses-
sion ?

– Précisément parce que je suis ambitieux.
Le Tyran a beaucoup moins d'initiatives que
moi. Si j'avais été tyran, jamais je n'aurais pu
échafauder le projet Pompéi.

– Ça, je suis certaine que vous ne voulez pas
renoncer à vos fonctions. Ce que je pense, c'est
que vous voulez les cumuler.

– Les cumuler !

– Ce serait tellement plus commode de
n'avoir pas à consulter une autorité supérieure
(et intellectuellement inférieure) chaque fois
que votre cerveau génial aura élaboré un plan
nouveau !

– Vous avez bientôt fini de délirer ?

– C'est votre délire qui parle par ma bouche.

– Vous vous prenez pour une pythie politique ?

– Il suffit de voir avec quelle mauvaise grâce
vous obéissez aux ordres du Tyran.

– Mauvaise grâce ! Moi qui dépense des trésors d'amabilité pour vous parler !

– Ah ! Je n'ose songer à ce que serait notre
échange sans ces « trésors d'amabilité ».

— Je crois que vous ne vous rendez pas très bien compte. À cause d'une parole malheureuse que vous avez dite par hasard, pour procurer un divertissement à votre esprit qui est un monument de futilité et qui n'a même pas l'intelligence nécessaire pour en comprendre la portée, vous m'avez condamné à vous entretenir, et donc à cesser mes recherches. Dans ces conditions, je vois mal comment je pourrais être plus aimable envers vous.

— J'avais raison ! Vous en voulez au Tyran.

— C'est à vous que j'en veux, pas au Tyran, qui est un sage. S'il m'a donné l'ordre de vous faire la conversation, c'est qu'il l'a jugé bon.

— Voyez-vous ça ! Un vrai petit premier de la classe ! « Le professeur l'a dit, alors c'est bien ! »

— C'est des coups que vous voulez ?

— Vous n'oserez pas me frapper : le Tyran ne vous en a pas donné la permission.

— Qu'en savez-vous ?

— Je sens ça.

— Et ça, vous l'avez senti ?

— Mais vous êtes fou !

— Vous l'avez cherché.

— Je me plaindrai au Tyran !

— Allez-y.

— Je vais avoir un œil au beurre noir !

— Vous surestimez ma force. C'est la première fois de ma vie que je frappe quelqu'un : j'ai encore beaucoup à apprendre.

— Vous n'aviez encore jamais frappé qui que ce soit ?

— Eh non. Il faut préciser que je n'avais jamais rencontré une personne aussi énervante.

— J'en suis très flattée.

— Méfiez-vous. Au deuxième essai, l'œil au beurre noir pourrait être effectif.

— Vous ne trouvez pas cela dégradant ?

— Non, je trouve ça défoulant. Vous m'ouvrez de nouveaux horizons.

— Encore heureux que vous ne vouliez pas vous marier.

— Il y a des femmes qui aiment ça.

— Je n'en fais pas partie. Dites-moi, Celsius, qu'en est-il des châtiments corporels au vingt-sixième siècle ?

— Notre époque est celle de la responsabilité.

— C'est votre réponse préférée, n'est-ce pas ?

— Oui. Elle a l'avantage de répondre à 95 % des questions.

— Si je comprends bien, on n'a rien contre les châtiments corporels aujourd'hui ?

— Nous en usons autant que de votre temps, mais sans nous en cacher.

— On ne respecte plus le corps ?

— On a le plus grand respect pour sa beauté.

— Autrement dit, s'il n'est pas beau...

— Quelle valeur pourrait avoir un corps dénué de beauté ?

— Une très grande valeur, pour son propriétaire.

— Personne n'est propriétaire de son corps. Les corps appartiennent à la communauté.

— Une communauté sexuelle, alors ?

— Non. Le sexe n'est plus la grande affaire de ce siècle.

— L'a-t-il jamais été ? Le sexe, au mieux, n'a fourni qu'un sujet de conversation : à mes yeux, il a été le parent pauvre de toutes les époques, même de celles qui prétendaient en faire une valeur.

— Les corps appartiennent à la communauté

esthétique. C'est une grande nécessité que de voir de beaux physiques autour de soi.

– Je l'ai toujours pensé. Mais il me semble horrible d'en avoir tiré un principe de gouvernement.

– Typique de votre siècle. Tout le monde se targuait d'avoir des idées et, dès que l'une d'entre elles était prise en compte par les dirigeants, c'était le tollé.

– Il y a du vrai dans ce que vous dites. Il n'empêche que ce principe de communauté esthétique m'inquiète.

– N'est-il pas moral de contraindre les gens à l'élégance physique ? Souvenez-vous de votre époque, du laisser-aller de certains corps qui ne répugnaient cependant pas aux exhibitions les plus écœurantes...

– Je me souviens de tout cela. Mais le remède me paraît pire que le mal. En plus, de mon temps, quand je voyais une personne belle et gracieuse, j'étais émue de cette offrande gratuite. Je me disais : « Il ou elle a tenu à être beau ou belle pour faire de ce jour une œuvre d'art. » Aujourd'hui, si je voyais déambuler un joli corps, j'en serais réduite à penser : « Tiens, voici quelqu'un qui obéit à la loi. »

— C'est ça. Vous m'évoquez ces crétins du vingt-deuxième siècle qui s'exclamaient : « La poésie au pouvoir ! »

— Je n'ai pas eu la chance de connaître le vingt-deuxième siècle.

— Estimez-vous heureuse. Le pire vous aura été épargné.

— Le pire, c'est le vingt-deuxième siècle ?

— Je ne suis pas ici pour vous donner une leçon d'Histoire.

— Ne pourriez-vous pas, cependant, me retracer les grandes lignes des six derniers siècles ?

— Je vous les ai déjà exposées : notre Histoire a été celle de l'énergie.

— C'est un peu vague. J'aimerais plus de détails.

— Contentez-vous de ceux que nous vous donnerons.

— Ouais. Il a dû s'en passer de belles.

— Vous pouvez vous douter que tout n'a pas été idyllique.

— Vous avez honte, n'est-ce pas ?

— Honte, moi ? S'agissant d'événements qui ont eu lieu avant ma naissance, votre responsabilité vis-à-vis de ceux-ci est plus grande que la mienne. C'est à vous d'avoir honte, ma chère.

— Au nom de ce que vous appelez la « responsabilité collective », hein ?

— Oui.

— Dites-moi, Celsius, qu'est-ce que j'aurais pu faire pour ne pas l'endosser, votre responsabilité collective ? Refuser, seule de mon espèce, d'utiliser l'électricité, le gaz, l'essence ? Cela vous aurait avancé à quoi ?

— À rien.

— Quoi d'autre, alors ? Être terroriste ? Poser des bombes chez les grands consommateurs d'énergie ? Cela vous eût fait plaisir ?

— C'eût été grotesque.

— Bon. Vous voyez bien que je n'avais pas les moyens d'agir !

— C'est ça. Et vous n'y êtes pour rien, n'est-ce pas ?

— Forcément. Je n'avais aucun pouvoir.

— Et le pouvoir d'ouvrir les yeux, vous ne l'aviez pas ? Vous étiez écrivain : vous était-il impossible de consacrer un livre à la catastrophe qui vous pendait au nez ?

— Je n'écrivais pas ce genre de livres.

— Magnifique réponse ! Vous me faites penser à Braham, ce romancier du vingt et unième siècle qui refusait de décrire la misère de son peuple sous prétexte qu'il avait du mal à orthographier leurs patronymes !

— Son peuple ? Quel peuple ?

— Cela ne vous regarde pas. C'est de votre siècle qu'il était question. Ainsi, « vous n'écriviez pas ce genre de livres ». Et puis-je savoir quel genre de livres vous écriviez ?

— Eh bien... euh... c'est difficile à dire.

— Expliquez-vous, au lieu de patauger. De quoi traitaient vos bouquins ?

— Traitaient ? Ce n'étaient pas des traités. J'écrivais des histoires où il se passait toutes sortes de choses.

— « Des histoires où il se passait toutes sortes de choses » ! Quelle subtile conception de la littérature !

— Mais oui. Joubert, un superbe moraliste ami de Chateaubriand, écrivait : « Un grand livre est un livre où l'on peut mettre beaucoup de choses. »

— De mieux en mieux. Je vois que vous apparteniez à la fine fleur intellectuelle de votre génération.

— Vous avez tort de railler Joubert. C'est écrit trop petit pour vous.

— Et vous, c'est écrit encore plus petit, si je comprends bien ?

— Oh, moi, j'adorais les pitreries et j'en remplissais mes bouquins à longueur de pages.

— Que voilà une noble philosophie.

— Ce n'est pas une philosophie, c'est un pis-aller. C'est aussi une leçon d'indulgence : ainsi, vous, mon brave Celsius, vous n'êtes bon qu'à transplanter les gens...

— Pas seulement les gens !

— Oui, enfin, les gens et les éruptions. Il n'y a pas de sot métier.

— Vous vous foutez de ma gueule ?

— Je ne me permettrais pas...

— Eh bien moi, je ne m'en prive pas, espèce de fabricante de livres pour boîtes à gants !

— Ne critiquez pas des bouquins que vous n'avez pas lus.

– C'est comme si c'était fait.

– C'est le propre de la bêtise que de dire cela.

– Je ne peux pas être soupçonné de bêtise, mon quotient intellectuel est de...

– Je regrette. Parmi les diverses variétés de bêtises, il y a certainement aussi celle des quotients intellectuels de 190.

– 199 !

– Laissez mes livres en paix, au nom du respect que devraient vous inspirer les choses disparues.

– Disparues ? Ce n'est pas sûr.

– Vous auriez transplanté mes livres avec moi ?

– Je ne me serais pas donné cette peine. Mais on ne peut exclure l'hypothèse que certains soient conservés au Grand Dépôt.

– Quoi ?

– Vous devriez vous voir : l'écrivain apprenant que son œuvre a peut-être traversé les siècles. C'est le spectacle le plus grotesque auquel il m'ait été donné d'assister.

– Mettez-vous à ma place !

– Il me semble que j'ai mieux à faire.

– Où est-il, ce dépôt ?

— Doucement ! Je n'ai jamais dit que vous aviez le droit d'y entrer.

— Allez-y vous-même, alors !

— Pourquoi ? Ça ne m'intéresse pas, moi, de savoir si vos bouquins ont traversé les siècles.

— Vous êtes dégueulasse, Celsius.

— Et vous, vous êtes ridicule. Comment pouvez-vous imaginer un quart de seconde que l'Histoire se rappelle vos scribouillages ?

— Je ne l'ai jamais imaginé, jamais ! C'est vous qui me l'avez mis en tête pour la première fois de ma vie.

— J'ai du mal à vous croire.

— Souvenez-vous. Je vous disais juste avant : « Laissez mes livres en paix, au nom du respect que devraient vous inspirer les choses disparues. »

— C'était une figure de style.

— Bon. De toute façon, si mes œuvres étaient au Grand Dépôt, vous le sauriez. Vous êtes cultivé.

— Pas certain. La littérature de la fin du dernier millénaire est celle que je connais le moins. À preuve, ce Joubert dont vous parliez il y a

Péplum

peu, et dont je n'avais jamais entendu le nom.
Ma spécialité, c'est l'Antiquité romaine.

— En ce cas, allons au Grand Dépôt !
Comme ça, si mes livres y sont, vous aurez
l'occasion de les lire.

— Pourquoi ? Afin que je puisse percer les
secrets de votre âme ? Désolé, votre âme ne
m'intéresse pas.

— Afin que vous cessiez de médire de mes
livres.

— Vous êtes d'une naïveté ! Vous semblez
persuadée que vos œuvrettes me séduiraient.

— J'aimerais au moins que vous en médisiez
en toute connaissance de cause.

— Vous avez tort. Si je lisais vos bouquins,
ils perdraient le seul attrait qu'ils puissent exercer sur moi : leur mystère.

— Alors, respectez leur mystère et cessez de
les démolir. Vous devriez comprendre que cela
me blesse.

— Vos sentiments ne me concernent pas.

— Et pourquoi n'ai-je pas le droit d'y aller,
à ce dépôt ? Qui est-ce que cela dérangerait ?

— Nous n'avons pas envie que vous sachiez
avec précision ce qui s'est passé au cours des

six derniers siècles. Certains titres de romans pourraient vous en donner une idée.

— J'imagine une collection inspirée des *Derniers Jours de Pompéi*, comme *Les Derniers Jours de Bruxelles*, *Les Derniers Jours de Tokyo*, *Les Derniers Jours de Maubeuge*, etc.

— Mignon.

— Faisons un pacte. Je vous jure que je ne regarderai pas plus loin que l'an 2000.

— Pourquoi ? Vous aviez l'intention d'arrêter si vite votre brillante carrière d'écrivain ?

— Je n'ai jamais eu d'intention de toute ma vie. Mais il semble, d'après vos réticences, qu'il y ait eu à partir du vingt et unième siècle des choses dont je doive ignorer l'existence.

— En effet.

— Eh bien, bandez-moi les yeux et laissez-moi seulement voir ce qui va de 1992 à 2000...

— Impossible. Les livres sont classés par ordre alphabétique et non par ordre chronologique.

— En ce cas, si mes bouquins ont survécu, ils sont entre Nostradamus et Notker le Bègue.

— Vous avez de la chance que le ridicule n'ait jamais tué personne.

— Pour votre information, l'humour ne tue

pas, lui non plus. Qu'à cela ne tienne : mettez-moi un bandeau sur les yeux et laissez-moi regarder juste après Nostradamus et avant Notker le Bègue.

— Non. Au vingt-quatrième siècle, il y a eu un romancier du nom de Nothing dont je veux que vous ignoriez les titres.

— Nothing ? Un pseudonyme, je présume ?

— On ne peut rien vous cacher.

— Et qu'a-t-il écrit de si grave, ce Nothing ?

— Le vingt-quatrième siècle ne vous regarde pas.

— Pardon : comme vous l'avez dit vous-même, je porte la responsabilité collective des siècles qui ont suivi le mien. Alors, pour mieux me pénétrer d'une juste honte, vous devriez me détailler les catastrophes de ce futur qui pour vous, appartient au passé.

— Contentez-vous de savoir que ce fut épouvantable.

— Vous avez tort de me ménager.

— Ce n'est pas pour vous ménager. Vous êtes au secret, c'est tout.

— Pourquoi ?

— Décision du Tyran.

94

Péplum

— Il est absurde, votre Tyran. Puisque je ne reverrai jamais mon époque, où est l'inconvénient de me renseigner ?

— Décision du Tyran.

— Quand votre Tyran vous donne des ordres qui ne tiennent pas debout, vous obéissez ?

— Les ordres de Tyran tiennent toujours debout quelque part.

— Quelle docilité ! Les lavages de cerveau du vingt-sixième siècle doivent être d'une efficacité extrême.

— Je n'ai subi aucun lavage de cerveau.

— Alors, c'est encore plus grave.

— Notre siècle a enfin compris ce que le vôtre niait : il est affreux d'être la plus haute autorité. Celui qui accepte cette position se sacrifie au bien commun. À ce titre, nous avons envers lui un respect absolu.

— Même quand ses ukases vont à l'encontre de la logique ?

— Peu importe. Il est vital qu'une autorité existe. Nous nuirions davantage à notre cause en désobéissant qu'en obéissant à un ordre qui nous dépasse.

— C'est très dangereux, ce que vous dites.

— Le contraire est encore plus dangereux. Nous avons payé les pots cassés de votre démocratie, nous savons de quoi nous parlons.

— J'aimerais rencontrer votre Tyran. J'ai deux mots à lui dire.

— Vous supposez qu'on rencontre le Tyran comme ça ?

— Je n'en sais rien. Il pourrait trouver intéressant de parler à quelqu'un du passé. Au vingtième siècle, si l'on m'avait amené une personne du quatorzième siècle, j'aurais été enthousiaste.

— Le Tyran est occupé, lui.

— Je vous trouve bien impertinent de prendre des décisions à sa place.

— Je ne prends pas de décision à sa place !

— Si. Vous venez de décréter qu'il n'avait pas le temps de me rencontrer, sans même lui demander son avis. Quel manque de respect envers un être qui se sacrifie pour vous !

— Lui faire perdre son temps avec un pitre de votre espèce, là serait le vrai manque de respect.

— Vous avez tort, Celsius. J'allais plaider votre cause. J'allais expliquer au Tyran qu'il était inutile de me surveiller et que vous aviez mieux à faire.

– Que j'aie mieux à faire, cela va de soi. Mais quel argument auriez-vous pu employer pour prouver qu'il était inutile de vous surveiller ?

– Je suis inoffensive.

– Démontrez-le.

– Vous ne trouvez pas que j'ai l'air plein de bonnes intentions ?

– Non.

– Je suis inoffensive parce que je n'ai aucun moyen de nuire.

– Ce n'est pas sûr.

– Comment, ce n'est pas sûr ? Je n'ai rien qui me permette de faire le mal.

– Les êtres nuisibles trouvent toujours le moyen de nuire.

– Je ne suis pas un être nuisible. Vous me parlez comme à une terroriste.

– Je vous parle comme à une manipulatrice de langage.

– Vous me surestimez. C'est le langage qui m'a toujours manipulée.

– Vous venez pourtant à la seconde de le manipuler encore.

— Simple renversement du sujet et de l'objet. C'est à la portée du premier venu.

— Je me méfie des premiers venus. C'est une sorte de gens qui a disparu. Et vous, vous avez une tête de première venue.

— C'est très drôle, ce que vous dites.

— Tant mieux, si cela vous amuse.

— Bon. Admettons, je suis un être nuisible. À qui diable pourrais-je nuire ? Si vous me laissiez seule avec encre et papier, je ne rencontrerais personne...

— Vous laisser seule avec de quoi écrire ! Pourquoi pas avec un réseau de radio ?

— Mais enfin, qui voulez-vous que je prévienne ? Et de quoi ?

— N'insistez pas. Vous êtes au secret.

— Je n'aurai plus le loisir d'écrire jusqu'au dernier de mes jours ?

— En effet.

— C'est infâme ! Vous n'avez pas le droit. Vous m'avez déjà pris les gens que j'aimais. Si vous m'enlevez l'écriture, il ne me restera plus rien.

— Considérez qu'il ne vous reste plus rien.

— Non ! Vous êtes trop ignoble.

– N'exagérons rien. Qu'étiez-vous en train d'écrire, en ce moment – enfin, je veux dire, en ce 8 mai 1995 ?

– Ça ne vous regarde pas.

– Répondez. Je veux savoir si ce que j'ai interrompu valait la peine d'être écrit.

– Allez lire mes livres au Dépôt et vous le saurez.

– Réfléchissez ! À supposer que vos œuvres soient conservées au Grand Dépôt, votre bouquin en cours ne peut pas y être !

– Et pourquoi, je vous prie ?

– Parce que vous ne l'avez pas fini !

– Ce ne serait pas la première fois que l'on publierait un roman inachevé.

– Vous êtes touchante. Racontez-moi donc ce que vous étiez en train d'écrire.

– Je suis incapable de raconter mes livres.

– Mille contre un que c'était une histoire d'amour.

– Disons plutôt que c'était une histoire où, entre autres choses, il y avait de l'amour.

– J'en étais sûr. C'était un bouquin pour concierges. Je n'ai aucun scrupule à vous avoir interrompue.

— Alors pour vous, dès qu'il y a de l'amour quelque part, on est dans l'univers des concierges ? *Tristan et Iseut, Phèdre*, c'est pour les concierges ?

— Vous avez l'intention de me persuader que vous écriviez l'équivalent de *Tristan et Iseut* ?

— Ma question n'avait plus rien à voir avec la littérature. Je veux savoir si l'amour existe encore, au vingt-sixième siècle.

— Il faut, hélas, le supposer. Allez savoir ce qui se passe dans les basses couches de la population.

— Autrement dit, au sein de l'élite, ces pratiques ancestrales n'ont plus cours.

— Notre époque est celle de la responsabilité.

— Vous voulez dire que l'amour est une attitude irresponsable ?

— C'est même la plus irresponsable qui soit. Vouer toute sa vie, toute son attention, toutes ses pensées à une seule personne, ou à deux personnes, c'est ce que j'appelle de la mauvaise gestion.

— Gestion !

— Ne prenez pas vos grands airs. Je gère une population entière, moi.

— En quoi cela vous empêche-t-il d'aimer quelqu'un ?

— Votre question est mal posée. Elle laisse supposer que j'ai envie de connaître l'amour. C'est le contraire : je suis ravi d'être étranger à cette hystérie. Et je vous prie de m'épargner vos sarcasmes et vos airs apitoyés.

— Rassurez-vous, je ne m'y apprêtais pas. Je trouve très bien que les technocrates méprisants soient étrangers à l'amour. Mais moi, pauvre scribouilleuse, je ne lui étais pas étrangère, et je vous prie de croire que je souffre.

— Vous m'en voyez navré.

— Oui, vous vous en fichez.

— Je ne comprends pas cette sacro-sainte notion et les errements des millénaires précédents. Comment voulez-vous que votre peine me touche ?

— Cela vous arrive, d'être touché par quelque chose ?

— Oui. Quand un raisonnement tombe juste, quand une construction mentale produit des effets réels.

— Je comprends ça. Vous me décevez, Celsius. C'est un lieu commun de croire qu'il faille opposer intelligence et émotion. L'intelligence émeut, nous sommes d'accord. Alors, pourquoi l'émotion ne serait-elle pas un ressort de l'intelligence ?

— Baratin. Racontez-moi plutôt ce que vous savez de l'amour.

— Je n'ai pas envie de vous le raconter.

— Vous ne voulez pas raconter vos livres, vous ne voulez pas raconter vos amours... Vous ne voulez rien raconter.

— Je n'aime pas raconter l'irracontable.

— Alors, vous prétendez connaître l'amour et vous ne voulez rien en dire ?

— C'est la preuve que je le connais. Le silence est la plus belle expression de l'amour.

— Pourtant, dans vos livres...

— Écrire et parler sont des choses bien différentes. Et puis, dans mes livres, il n'est pas vraiment question de moi.

— Je n'en crois pas un mot. Vous vous perdez dans les sophismes. Montherlant avait raison : dès qu'on parle d'amour, c'est de la bouillie pour les chats.

— C'est pour ça que je n'en parle pas. Au

fait, je suis étonnée que vous connaissiez Montherlant.

— Vous avez tort d'être étonnée. Je vous ai dit que j'étais un spécialiste des auteurs classiques latins.

— C'est juste. À cet égard, Montherlant doit vous être moins incompréhensible que Catulle.

— Catulle, à mes yeux, n'est pas un auteur latin. C'est un poète italien. Qu'un peuple aussi décousu que le peuple italien ait pu descendre du monde romain est pour moi l'un des plus grands mystères de l'Histoire.

— Est-ce un mystère ? Toutes les civilisations sont mortelles.

— Pas la nôtre.

— Ça, c'est la meilleure !

— Notre prospective est on ne peut plus claire sur ce point.

— Comme l'étaient, sans doute, les prospectives des Sumériens.

— Les Sumériens ! Pourquoi ne nous comparez-vous pas aux dinosaures, tant que vous y êtes ?

— Pourquoi pas, en effet ? Vous m'y faites même singulièrement penser.

— Pauvre petite harpie. Vous ne comprenez pas qu'aujourd'hui, le dinosaure c'est vous ?

— Vous allez exposer mon squelette dans un musée ?

— Quelle bonne idée. « Squelette d'écrivain belge du vingtième siècle » : une curiosité.

— Je suis intriguée que les musées existent encore.

— Les musées existent plus que jamais.

— Cela ne me paraît pas cohérent avec votre époque.

— Au contraire. Nous sommes conscients que notre vie s'est appauvrie. Alors, nous avons un grand besoin de musées.

— Ne serait-il pas plus ingénieux de rendre à la vie sa richesse originelle ?

— Nous n'en avons pas les moyens.

— Vous avez les moyens de provoquer une éruption avec 2 500 ans de retard et vous n'avez pas les moyens de vivre pleinement ?

— C'est le lieu commun du progrès, ce que vous venez de dire.

— En tout cas, vous avez réussi le musée le plus incroyable, à Pompéi : un musée en lave !

– Pompéi est beaucoup plus qu'un musée. Pompéi est la vie même.

– Vous avez une drôle de conception de la vie.

– Allons ! Vous savez bien que quelques milliers de petites existences ne pèsent pas lourd sur la balance de la Vie – de la Vie avec un V majuscule.

– Vous n'auriez sans doute pas dit cela si c'était de votre vie qu'il avait été question.

– Détrompez-vous. Si vous croyez que j'accorde de la valeur à ce qui me tient lieu de vie ! Ce qui, dans mon existence, a le mieux évoqué la Vie, le vraie Vie, ce fut ma découverte de Pompéi.

– Vous avez prouvé à cette ville votre reconnaissance d'une manière étrange.

– Je lui ai donné l'éternité. Vous parliez d'amour : n'est-ce pas là le plus bel acte d'amour ?

– Donc, si vous étiez amoureux d'une femme, vous la feriez empailler sur-le-champ, pour lui offrir cette fameuse éternité ?

– Il y a peu de risques que je tombe amoureux d'un être humain.

– C'est juste. J'oubliais qu'il s'agissait d'une attitude irresponsable.

– D'ailleurs, et je me répète, je n'ai jamais compris que l'on puisse tomber amoureux d'un être humain. Quel mauvais investissement ! Consacrer tant d'énergie à un modèle aussi limité dans le Temps ! Je trouve aberrant d'éprouver de l'amour pour une créature aussi peu durable. Pompéi bien entretenue peut vivre des millénaires quand, dans le meilleur des cas, l'être humain n'atteint pas un siècle, et dans quel piteux état de conservation !

– Vous avez raison, c'est incontestable. Ce que vous n'avez pas l'air de comprendre, c'est qu'on ne choisit pas. On ne décide pas de tomber amoureux d'un être humain, on tombe amoureux d'un être humain. C'est, comme vous le dites, un mauvais investissement, mais il ne dépend pas de notre bon vouloir.

– Romantisme de collégienne !

– Je me contente de vous dire ce qui m'est arrivé.

– À votre place, je ne m'en vanterais pas.

– Je ne m'en vante pas.

— Ce qui vous est arrivé prouve que vous n'avez pas le contrôle de vous-même.

— De quoi parlez-vous ? De mes amours ou de mon voyage au vingt-sixième siècle ?

— Des deux. Si vous aviez eu le contrôle de vous-même, vous ne seriez pas tombée amoureuse d'un humain et vous ne vous seriez pas laissée aller à proférer des hypothèses scientifiques sur des sujets qui vous dépassent.

— Je ne me suis pas « laissée aller » à réfléchir sur le sort de Pompéi, c'est une idée qui m'a assaillie sans que j'y puisse rien.

— C'est ça. Einstein eût trouvé cela très comique. C'est comme si « $E = MC^2$ » lui était tombé dessus pendant qu'il achetait son journal.

— Mais les choses se passent souvent de cette manière !

— Vous vous croyez qualifiée pour en parler ? Vous avez une longue expérience de la recherche scientifique ?

— Aucune.

— Alors, au nom de quoi m'assenez-vous vos grandes vérités ?

– Ces choses-là sont connues. C'est en prenant son bain qu'Archimède a dit « Eurêka ».

– Je me permets de vous faire remarquer que
la baignoire était en rapport direct avec son
théorème. Vous n'allez pas me dire que votre
univers bruxellois était en rapport direct avec
Pompéi.

– Gustave Guillaume, l'illustre linguiste,
était toujours dans l'autobus quand il mettait
au jour la cohérence d'un système.

– Et vous, vous preniez le bus pour la place
de Brouckère quand vous avez compris la vérité
sur Pompéi, c'est cela ?

– Non, c'était dans le tram qui allait de la
place Royale à la place Louise.

– Comme c'est pittoresque. Quel dommage
que les trams n'existent plus ! Si un cerveau
aussi médiocre que le vôtre y avait de si belles
intuitions, le mien y eût été fulgurant.

– J'en doute. Vous, vous avez une intelligence pour laboratoire. Ce n'est pas sur votre
genre de tête que tombe la grâce.

– Ai-je besoin de vous dire que je n'y crois
pas, à votre grâce ? Voyez-vous, ce n'est pas une
inspiration divine qui m'a permis d'échafauder

le projet Pompéi. C'est mon intelligence, c'est l'acharnement de mon intelligence, qui m'a mené là. Et je ne suis pas près de me fier à autre chose qu'au travail d'un cerveau.

— En ce cas, comment expliquez-vous que ma caboche indigente ait eu cette illumination ?

— Il existe sûrement une interprétation scientifique de ce phénomène. Depuis Marnix, nous savons que le Temps est structuré comme une mémoire infinie – ce qui rend possibles, sans intervention humaine, des glissements spontanés, des « sauts » de pensées, de données et de trouvailles d'une époque à l'autre. Nous ne l'avons pas prouvé, bien sûr, mais il n'est pas rare que les théorèmes précèdent les démonstrations.

— Vous voulez dire que l'idée Pompéi s'est promenée seule dans les airs et à travers les siècles pour atterrir, par hasard, sur mon humble tête ? Et vous trouvez ça sérieux ?

— Entre deux absurdités, il faut choisir la moindre. Une idée qui part en voyage, c'est étrange, certes. Mais il y aurait plus incroyable. Par exemple, un cerveau sans envergure qui,

six siècles à l'avance, aurait à l'intérieur de lui-
même de quoi pressentir une telle construction
mentale – qui pourrait gober ça ? Pour admettre une énormité de ce genre, il faudrait que
soit ratifiée la vieille hypothèse de la génération
spontanée. C'est indéfendable.

– Et la fantaisie ? Et l'imagination ?

– La fantaisie et l'imagination servent à éla-
borer de charmantes visions, à s'organiser des
divertissements intérieurs.

– Eh bien, pour moi, le projet Pompéi était
une « charmante vision », un « divertissement
intérieur ».

– Vous vous fichez de moi ? Les plus bril-
lants esprits du vingt-sixième siècle ont colla-
boré pendant des années pour dépister cette
idée, et vous voudriez me faire avaler que pour
vous ce fut le résultat d'une rêverie ?

– J'ai compris. C'est une question d'orgueil :
il serait indigne que je vous aie devancés,
n'est-ce pas ?

– Vous ne nous avez pas devancés ! Vous
n'avez rien bâti ! Votre esprit serait incapable
de donner corps à quoi que ce soit !

— Je suis de votre avis, mais pourquoi vous mettez-vous dans un état pareil ?

— Parce que vous êtes d'une prétention insupportable ! Comment osez-vous suggérer que vous avez été la première à y avoir pensé ? Vous y avez pensé parce que Pompéi avait été recouverte par une éruption ! Nous avons donc eu l'idée avant !

— Ce n'est pas une raison pour me parler sur ce ton. N'oubliez pas le respect que vous devez à une personne âgée de plus de six cents ans.

— À d'autres. J'ai dix ans de plus que vous.

— Écoutez, nous ne nous en sortirons pas. Soyons clairs : soit je suis une vieille peau et Pompéi a été détruite il y a 2 501 années. Soit je suis plus jeune que vous et Pompéi a été détruite l'année dernière. Autrement, ça ne tient pas debout.

— Vous n'avez toujours pas compris la phrase de Marnix : « Entre ce qui a eu lieu et ce qui n'a pas eu lieu, il n'y a pas plus de différence qu'entre plus zéro et moins zéro. »

— Je ne vois pas en quoi cela fait progresser notre débat.

— En l'occurrence, vous pourriez comprendre que ces plus et moins zéro représentent ces deux vérités prétendument antagonistes. C'est en cela que vous datez le plus : à votre époque, seuls les physiciens acceptaient la coexistence de données contradictoires. Les autres en étaient encore au tiers exclu. Ainsi, pour vous, il est inconcevable d'admettre en même temps que l'éruption du Vésuve a eu lieu l'an passé et il y a 2 501 années. Pour nous, il n'y a aucune impossibilité logique à attribuer à cet événement deux dates aussi éloignées dans le temps.

— Quel charabia. On se croirait à l'université.

— Dès que vous ne comprenez plus, vous invoquez le charabia. Et si vous étiez tout simplement limitée, hein ?

— Pour parler comme vous, on peut ne pas trouver contradictoire que je sois stupide et que vous baragouiniez un charabia épouvantable.

— J'adopte exprès un langage simpliste et primaire pour que vous saisissiez, et vous le trouvez encore trop compliqué. Seriez-vous une demeurée ?

— Celsius... Celsius ! Je crois avoir deviné !

— Deviné quoi ?

— Vous me faites marcher ! C'est une blague !

112

– Qu'est-ce qui est une blague ?

– Nous sommes en 1995 ! Comment ai-je pu donner dans votre canular ?

– Un canular ?

– Depuis ma naissance, je suis d'une crédulité outrancière. Mais là, comment ai-je pu avaler votre vingt-sixième siècle ? Chapeau, Celsius – que ce soit votre vrai nom ou pas. Au fond, c'est à cause de votre gueule de marbre que je vous ai cru. Quel acteur ! Vous avez un aplomb ! Vous avez été taillé sur mesure pour ce rôle. Et quelle imagination ! Les hologrammes, les baleines, le mariage résiliable...

– Attendez...

– Le plus drôle, c'est que je devine qui vous a commandité cette farce. La veille de mon opération, j'ai eu une conversation sur Pompéi avec un ami qui était en relation avec mon éditeur. Il a dû lui raconter l'affaire le lendemain. Quand même, attendre mon réveil d'anesthésie pour me jouer cette comédie, c'est particulièrement pervers.

– Qu'est-ce que votre éditeur vient faire là-dedans ?

– C'est lui qui vous a payé, hein ? Je savais

qu'il cherchait un moyen de se moquer de moi. C'est transparent : toutes vos élucubrations sur l'avenir de l'édition, sur la conservation ou non de mes livres dans ce fameux dépôt, c'était une manière de me mettre à l'épreuve, de voir si j'avais de l'humour. Je suis sûre qu'il nous observe depuis le début grâce à une vidéo.

— Qui ça, « il » ?

— Enfin, « ils » au pluriel ! La bande au complet ! Le grand chef, les attachées de presse, les directeurs de collection, les comptables.. Ils ont dû rigoler, les salauds !

— Je suis au regret de vous dire que vous vous trompez. Ce n'est pas un coup monté. Nous sommes bel et bien en 2580. Quant à votre éditeur, il n'existe plus.

— Il n'existe plus ? J'aimerais vous croire ! Avoir essayé de me faire avaler que j'étais épileptique !

— Mais vous l'êtes !

— Ne vous donnez pas tant de mal, mon vieux. Je pense même vous avoir reconnu : n'étiez-vous pas dans le bureau de X, quand je suis venue y apporter mon manuscrit ?

— Qu'est-ce que vous racontez ?

— Comment ai-je pu ne pas comprendre, quand vous prétendiez avoir gagné un prix de beauté ?

— Pas un prix de beauté : le plus haut coefficient esthétique de ma promotion...

— Oui, vous êtes un comique ! Eh bien, vous direz de ma part à mon éditeur que j'ai trouvé son cinéma très drôle, mais que je ne marche plus.

— Réfléchissez : votre éditeur n'aurait aucun intérêt à vous jouer cette comédie.

— Si : pour me convaincre que je suis folle.

— Pourquoi ?

— Je ne sais pas. Peut-être pour que je me mette à écrire des choses qui le satisfassent davantage : des biographies historiques, de la science-fiction...

— De la science-fiction ? Vous êtes en plein dedans.

— Nous sommes d'accord !

— Pas au sens où vous l'entendez. La science-fiction serait de croire au canular. La vérité, c'est que nous sommes le 27 mai 2580.

— Et moi, je suis la reine d'Angleterre. Assez ri. Pourriez-vous, s'il vous plaît, me ramener

chez moi ? Ma boîte aux lettres doit être pleine
à craquer, je dois arroser mon hibiscus...

– Vous devriez vous habituer à l'idée que
votre courrier est resté sans réponse.

– Il n'est jamais trop tard. J'ai déjà répondu
à des lettres vieilles de six mois.

– Et vous avez déjà répondu à des lettres
vieilles de 585 ans ?

– « Chère Jeanne d'Arc, j'ai bien reçu votre
lettre du... »

– Non, ce n'est pas drôle.

– Je suis de votre avis. Arrêtez.

– Retarder la prise de conscience ne vous
sera d'aucun secours. Je sais que c'est pénible
pour vous, mais vous devez admettre que nous
sommes au vingt-sixième siècle.

– Ce n'est pas encore fini, votre histoire ?

– Hélas non. Cela commence à peine.

– Prouvez-le !

– Que voulez-vous que je prouve ?

– Rien n'est plus facile que de me prouver
quelle est votre époque. Emmenez-moi dehors,
dans la rue : je saurai à quoi m'en tenir.

– Je n'en ai pas le droit.

– Comme par hasard ! Alors, vous voudriez

que je vous croie uniquement sur la base de votre blabla ?

– Je peux vous apporter un calendrier qui attestera...

– Oui, un calendrier que vous avez acheté aux farces et attrapes !

– Si je débranchais mon hologramme, je me retrouverais nu devant vous et vous seriez forcée de me croire.

– Erreur. Ma seule conclusion serait que vous avez des intentions douteuses.

– Mais non !

– Inutile d'insister, Celsius. Pour moi, l'unique preuve valable est une promenade à l'extérieur.

– Je ne peux pas. J'ai reçu des ordres.

– Tant pis pour vous. Je ne vous crois pas. Nous sommes en 1995.

– Comment vous convaincre ?

– Vous ne me convaincrez pas.

– Voyons... En 2248, on a découvert que le safran avait des propriétés souveraines dans le traitement des maladies mentales.

– Poétique. Continuez.

– La crise de l'énergie a entraîné, dès le

Péplum

début du vingt-deuxième siècle, des bouleversements politiques considérables.

— N'importe qui aurait pu le prévoir.

— En réaction contre ces mutations, l'Académie française a procédé à un suicide collectif : le 15 janvier 2145, les quarante académiciens en habit vert se sont jetés dans la Seine. Chacun s'était lesté de leur dernière édition du dictionnaire, de sorte qu'ils ont coulé à pic.

— Vous devriez manger du safran, Celsius.

— Non : ce sont les injections de safran qui soignent les maladies mentales. Il faut en faire un précipité dissous avec du tartre...

— Et un peu de crème fraîche ?

— La crème fraîche tirée du lait de baleine est infâme. On fabrique aujourd'hui des saint-honoré sans crème fraîche.

— Ben voyons !

— De toute façon, la crème fraîche était mauvaise pour la santé.

— Dites donc, Celsius, vous croyez vraiment que de tels arguments vont me convaincre ?

— J'essaie de me mettre à votre niveau. Il est clair que les recherches de Marnix sur le principe de quandoquité et la réversibilité anionique vous passent deux kilomètres au-dessus du crâne. Alors, j'ai pensé que l'évolution de la crème fraîche vous parlerait davantage.

— Merci pour votre condescendance. Et l'humour tarte à la crème, ça existe encore ?

— Oh, l'humour a beaucoup changé.

— Racontez-moi une blague du vingt-sixième siècle.

— Une blague ?

— Vous savez, une petite histoire drôle pour faire rire les gens à la fin du repas.

— Nous n'aimons pas que les gens rient à la fin des repas. C'est vulgaire.

— Certainement. Mais vous vous racontez des histoires drôles, quand même ?

— Euh... il nous arrive de raconter des choses désobligeantes sur les Levantins. Cela nous fait rire.

— Ouais. L'humour n'a pas changé autant que vous le prétendiez. Allez-y, racontez-moi une blague sur les Levantins.

— Eh bien... c'est un Levantin qui rencontre un autre Levantin. Il lui dit : « Bonjour, comment vas-tu ? » Et l'autre lui répond : « A pied. »

— Et puis après ?

— Rien. C'est fini.

— Vous aviez raison. L'humour a changé.

— Vous voyez bien que nous sommes au vingt-sixième siècle.

— J'ai peur qu'il ne vous en faille davantage pour me persuader.

— Je ne peux vous prouver que nous sommes en 2580 alors que j'ai reçu l'ordre de ne pas vous raconter les siècles passés.

— Vous m'avez pourtant raconté la crème fraîche, le safran, l'Académie française...

— Parce que c'étaient des anecdotes.

— Le suicide de l'Académie française, c'était une anecdote ?

— Comparé aux horreurs qui ont eu lieu depuis, oui.

— Dites plutôt que vous n'avez plus d'imagination.

— Vous allez me rendre fou !

— Je vous ferai une injection de safran mélangé avec du tartre.

— Arrêtez de rire ! Les gens que vous aimiez sont morts, vous m'entendez ? Ils sont morts depuis des siècles !

— Non, Celsius, ça, ce n'est pas drôle.

– Il est temps que vous le compreniez ! Le vingt-sixième siècle, ce n'est pas drôle du tout !

– Vous n'aviez pas le droit d'employer un argument d'aussi mauvais goût.

– Je suis conscient de ce mauvais goût, mais je me suis rendu compte que c'était le seul argument à même de vous convaincre. Vous ne pouvez pas me soupçonner de l'avoir inventé.

– Sait-on jamais ? Vous êtes tellement lourd.

– Je peux l'être davantage, si vous ne me croyez pas encore. Je peux faire des recherches pour vous dire comment ceux que vous aimiez sont morts.

– Pitié ! Non !

– Je constate avec plaisir que vous ne me soupçonnez plus de mensonge.

– Vous êtes sadique.

– Non. Le vrai sadisme eût été de vous laisser croire que vous alliez revoir vos amis. Et puisque le mot « mort » reste le plus solide pour persuader quelqu'un, il a bien fallu que j'y recoure.

– C'est ça, jouez au grand homme.

– Mais... vous recommencez à pleurer ? Vous

121

n'avez pas cessé de pleurer depuis que nous nous sommes rencontrés !

– Maintenant, je n'ai plus d'espoir. Il y a cinq minutes, j'ai vraiment cru que c'était un canular. À présent, je ne doute plus et je sais qu'ils sont morts, que je ne les reverrai plus jamais, ceux que j'aimais. Et je pleure, oui, parce que je suis seule au monde.

– Ne croyez pas cela : la population de la planète s'élève aujourd'hui à...

– Je ne veux pas le savoir ! Je me sens d'autant plus seule que vous êtes nombreux !

– Mordez sur votre chique.

– C'est vous que j'ai envie de mordre, espèce de rustre !

– Cela ne nous avancera à rien, de nous disputer.

– Ça tombe bien, je n'ai plus l'intention d'avancer ! Mon dernier désir est de vous sauter à la gorge, espèce de brute ponantaise ! Vous êtes à l'origine de mon malheur...

– Et réciproquement.

– Votre malheur n'est rien en regard du mien ! Perdre quelqu'un qu'on aime, c'est ce qui peut arriver de pire.

– Et alors ? Vous avez l'intention de me raconter la carte du Tendre ?

– J'ai l'intention de causer votre perte ! De vous détruire, vous, votre siècle et votre univers !

– Bravo. Enfin une idée constructive. Et comment comptez-vous vous y prendre ?

– Je trouverai bien le bouton rouge sur lequel il suffit d'appuyer pour faire exploser la planète.

– Touchant. C'est en effet comme cela qu'on imaginait l'avenir, de votre temps.

– D'une manière ou d'une autre, je vous nuirai !

– Nous en sommes sûrs. C'est pour cette raison que nous vous interdisons de sortir.

– Je vous nuirai d'ici même !

– Allez-y, nuisez-moi.

– Vous êtes forcé de rester avec moi, n'est-ce pas, Celsius ?

– Eh oui.

– Vous n'avez donc pas le droit de sortir ?

– Où voulez-vous en venir ?

– J'ai la possibilité de vous pousser à bout.

Je pense d'ailleurs avoir pour cela un don naturel.

– Et moi, je vous rappelle que j'ai toute licence de vous cogner où je veux. Je crois d'ailleurs y avoir pris goût.

– Ça tombe bien. J'adore ça.

– Ce n'est pas ce que vous disiez, quand je vous ai envoyé un direct dans l'œil.

– J'ai changé d'avis. Je suis masochiste depuis quarante secondes.

– Nous verrons.

– Je vais vous raconter ma version de ce qui s'est passé de 1995 à 2580.

– Amusant.

– Je ne pourrai vous exposer les faits que sommairement : mes seules sources sont les petits éléments que votre conversation a laissés filtrer. Je suis, pour ainsi dire, le détective de l'avenir.

– Non : du passé.

– C'est juste, je ne suis pas encore habituée. Donc, au vingt et unième siècle, la crise de l'énergie a pris un tour décisif. Les économies drastiques ont commencé. J'ai cru comprendre que certaines civilisations riches et même anglophones se sont appauvries à un point considérable.

– Qu'est-ce qui vous fait penser cela ?

– Votre allusion à un écrivain du vingt et unième siècle, Braham, qui aurait refusé de décrire la misère de ces concitoyens dont il ne parvenait pas à orthographier les patronymes. Ce dernier élément me suggérerait qu'il s'agissait du pays de Galles. Simple hypothèse, bien sûr.

– Je ne dis rien.

– Enfin, d'une manière ou d'une autre, la pauvreté a dû se propager dans beaucoup de civilisations qui avaient été aisées, à mesure qu'elle empirait dans le tiers monde. Ce qui est certain, c'est qu'il a fallu qu'un mécontentement extrême gagne la planète entière.

– Ah ?

– Oui, sinon, il n'y aurait pas eu cette terrible guerre mondiale au vingt-deuxième siècle.

– Racontez-moi ça.

– Vos propos ont souvent mentionné le vingt-deuxième siècle comme un sommet dans l'horreur. D'autre part, vous avez signalé que les ressources nucléaires étaient épuisées depuis longtemps. Je n'y connais pas grand-chose, mais pour en être arrivés si vite à la pénurie nucléaire, j'imagine que les hommes ont dû se livrer à un potlatch atomique. Et cela m'intrigue.

— Cela vous intrigue qu'il y ait eu une guerre ? C'est le contraire qui eût été étrange.

— Non : ce qui m'intrigue, c'est que l'humanité y ait survécu. Nous avions toujours pensé qu'en cas de conflit nucléaire, ce serait la fin du monde, ou au moins la fin de notre espèce. C'est donc que les humains ont trouvé le moyen d'être modérés dans leur barbarie. Au fond, « barbare modéré » est une bonne définition de l'homme.

— Parlez pour vous.

— Non ; moi, je suis barbare, mais pas modérée. Et vous, vous êtes modéré, mais vous ne méritez même pas le titre de barbare.

— Votre définition ne doit pas être si bonne : elle ne correspond pas aux deux premiers humains qu'elle rencontre.

— C'est vrai. À plus forte raison, la relative modération de cette guerre nucléaire m'intrigue. Comment avez-vous pu vous en tenir là ?

126

– « Vous, vous » ! Je n'y étais pas !

– C'est juste. J'ai tendance à vous identifier à tout ce qui s'est passé depuis 1995.

– Du reste, l'adjectif « modéré » n'est pas celui qui convient à ce conflit.

– Il n'empêche que l'humanité a survécu ! Comment est-ce possible ?

– Ce fut une guerre responsable.

– J'aurais dû m'en douter ! C'est votre adjectif préféré. Une « guerre responsable » : quelle abomination ! La seule excuse de la guerre, c'est qu'elle correspond à une folie de l'espèce humaine. Si vous faites de la guerre un acte responsable, il ne me reste plus qu'à vomir.

– Ne vous gênez pas. Guerre responsable, je maintiens : sans ce conflit, qui sait dans quel état nous serions maintenant ? En tout cas, nous n'en serions pas aussi loin dans nos recherches scientifiques, nous n'aurions pas pu sauver Pompéi – et vous ne seriez pas là.

– Ne remuez pas le fer dans la plaie.

– On peut dire que vous êtes morte pour Pompéi. C'est une noble cause. Vous devriez être réconfortée : vous n'avez pas sacrifié votre existence pour rien.

— Le problème, c'est que je ne suis pas morte.

— C'est un problème, en effet. Mais il n'a rien d'irréversible, si cela peut vous soulager. Au lieu de vous plaindre, racontez-moi ce qui a suivi le vingt-deuxième siècle.

— Oh, après... Je suppose que vous en êtes toujours à assumer les conséquences logiques de cette guerre. La première conséquence fut non pas une crise d'énergie, mais une absence d'énergie. D'où les histoires fantaisistes que vous m'avez racontées tout à l'heure.

— Pas si fantaisistes que cela.

— Les conséquences matérielles ont eu des effets politiques : d'où la tyrannie, l'élitisme forcené, l'oligarchie énergétique dont vous m'avez parlé. Voilà.

— Comment, « voilà » ? C'est déjà fini ? Est-ce ainsi que vous résumez plus de trois siècles d'Histoire ?

— Je ne vois pas très bien ce que je dirais d'autre.

— Quel manque d'imagination pour une romancière !

— J'étais surtout dialoguiste

— Heureuse coïncidence

– Et puis, j'ai des scrupules à laisser libre cours à mon imagination sur un sujet aussi sinistre. Mais il y a encore un détail qui m'intrigue.

– Confiez-vous, mon enfant.

– Je suppose que la disparition des pays est une conséquence de la guerre : d'où les deux orientations, Ponantais et Levantins. Eh bien, je suis étonnée que l'axe choisi ait été l'axe Est-Ouest. J'avais toujours pensé que l'axe Nord-Sud était plus important.

– Ah ?

– Oui. L'axe Nord-Sud, c'est l'axe richesse-pauvreté. L'axe Est-Ouest est moins fondamental : il oppose deux cultures, deux philosophies. Le dialogue semble possible et la confrontation est piquante. L'axe Nord-Sud cloue toutes les gorges : comment oser parler de la faim, de la soif, de la mort ? Montesquieu et ses nombreux émules ont charmé l'Occident ; mais il n'y aura jamais d'équivalent des *Lettres persanes* pour le Sud, il n'y aura jamais de *Lettres tchadiennes* ou de *Lettres rwandaises*, parce que ce seraient des livres terrifiants. Et encore, je parle pour mon époque. Je n'ose songer à ce qui est arrivé au Sud depuis lors.

Silence.

— Vous n'avez rien à me dire ?

— Je vous écoute. C'est intéressant, de s'entendre raconter son siècle par une étrangère.

— Je vous ai posé une question, Celsius.

— Vraiment ?

— Oui. Qu'est-il arrivé aux pays du Sud ?

— Je vous l'ai déjà dit. Il n'y a plus de pays, il n'y a que deux orientations, le Levant et le Ponant...

— Je sais, je sais. Curieuse terminologie. Pourquoi ne pas avoir conservé quatre orientations ? Le chiffre 4 est le seul à donner accès à la totalité de l'univers. Pourquoi ne pas avoir séparé le Ponant en Ponant boréal et Ponant méridional ?

— L'exemple du Yémen et de la Corée ne vous a pas suffi ?

— Bien sûr. Je ne disais pas cela par désir de créer de nouvelles frontières. Je trouve seulement bizarre de n'avoir gardé que l'Est et l'Ouest comme polarisations.

— Et moi, je trouve particulièrement bizarre

d'entendre une petite dinde littéraire critiquer les décisions d'un siècle qu'elle ne connaît pas.

— Mais je ne critique pas ! Je me contentais d'être étonnée ! Que vous êtes irritable tout à coup.

— Je suis irritable parce que vous êtes irritante.

— En 1995, on ne cessait de me le dire.

— Je me sens soudain très solidaire de votre époque.

— Ne déviez pas. Racontez-moi ce qui est arrivé aux populations du Sud.

— Pourquoi le Sud ? Vous évoquiez l'axe Nord-Sud, et vous ne m'interrogez que sur le Sud. Posez-moi des questions sur le Nord.

— Permettez-moi de prendre d'abord des nouvelles du malade. Il sera encore temps, après, de parler de celui qui est en bonne santé.

— Bonne santé, bonne santé... Le Nord a beaucoup souffert, vous savez.

— Je n'en doute pas. Mais les souffrances du Nord ont toujours été dérisoires comparées à celles du Sud. Comme si la capacité d'horreur du Sud était supérieure à celle du Nord.

Silence.

— De toute façon, je ne vois pas pourquoi je vous poserais des questions sur le Nord : je suis renseignée rien qu'en vous regardant. Vous êtes un homme du Nord, Celsius, cela crève les yeux, et votre nom en porte la marque, comme celui de votre fameux Marnix, d'ailleurs. J'en conclus que le monde septentrional est toujours celui des nantis, du « Progrès » — et du cynisme.

— Cynique, moi ?

— Je vous pose une question sur le Sud et vous me répondez que le Nord a beaucoup souffert. C'est comme si j'avais rencontré Ève et que je lui avais demandé : « Et comment va votre petit Abel ? » — et qu'elle m'avait répondu : « Oh, mon pauvre petit Caïn s'est fait un bobo en tuant ce chenapan. »

Silence.

— Vous avez une drôle de gueule, Celsius.

— Je n'ai pas l'habitude de tant parler.

— C'est curieux. Cette mine verdâtre est apparue il y a quatre minutes à peine.

— La fatigue, cela vient en un coup.

— Ouais. Il a suffi que je parle du Sud, et vlan : monsieur est fatigué.

132

— Le monde méridional invite à la somno-
lence, c'est bien connu.

— Vous vous fichez de moi ?

— Oui.

— Et vous vous fichez du Sud ?

Silence.

— Pourquoi ne répondez-vous pas ?

— Je n'en ai pas le droit.

— Je ne sais pas si vous vous rendez compte
que ce mutisme me fait imaginer le pire.

— Imaginez tout ce que vous voulez.

— J'imagine... que l'esclavage a été rétabli.
Les populations du Sud sont entrées en servage
chez les populations du Nord. Et vous leur
donnez des coups de fouet quand vous n'êtes
pas contents d'eux.

— C'est *La Case de l'oncle Tom*, votre histoire.
Quelle idée rafraîchissante. Dans cinq minutes,
je vais appeler mes esclaves et leur ordonner de
vous bâillonner. Ensuite, ils retourneront dans
mes plantations de coton.

— Bon, ce n'est pas ça. Euh... ce doit être en
rapport avec la crise de l'énergie. Voilà ! Les
gens de Sud ont été réduits à la condition de
hamsters.

— De hamsters ?!

— Oui : toutes les populations du Sud sont enfermées dans de gigantesques roues qu'ils font tourner comme des hamsters, pour produire de l'électricité.

— Quelle chance pour votre éditeur d'avoir rencontré un écrivain aussi imaginatif !

— Hélas, je crains que mon imagination ne soit dépassée.

— Crainte fondée.

— Êtes-vous déjà allé dans le Sud, Celsius ?

— Je suis allé à Pompéi.

— Pompéi n'est pas dans l'hémisphère Sud.

— Le Sud n'est pas une question d'hémisphère.

— C'est juste. Et vous n'avez pas fait d'autres voyages vers le Sud ?

— Non.

— Étrange. Un homme de votre importance devrait voyager davantage.

— Vous avez l'intention de m'apprendre le rôle d'un homme important ?

— Un homme politique, ça voyage, quand même.

– Peu. Et uniquement quand c'est indispensable.

– Par exemple ?

– Je suis allé chez les Levantins assister à quelques colloques scientifiques. Osaka, Hong Kong...

– Cela fait plaisir, d'entendre des noms de villes. Et cela ne vous a pas donné envie de pousser une pointe jusqu'aux merveilles du sud du Levant ?

– La politique n'est pas le tourisme.

– Quel homme intègre !

– Un homme responsable, tout simplement.

– Et le Tyran, il voyage ?

– Vous croyez qu'il n'a que cela à faire ?

– Le maître du monde ne se doit-il pas de connaître les territoires qu'il gouverne ?

– Il les connaît. Il dispose du meilleur arsenal cartographique et d'un réseau de renseignements d'une compétence extrême.

– Ne devrait-il pas...

– Je vous arrête. Vous ne trouvez pas que vous avez assez élucubré comme cela ?

– Vous ne savez même pas ce que j'allais dire.

— Si, je le sais. Vous alliez me raconter le genre de crétineries que prônaient les belles âmes de votre siècle : un dirigeant doit être proche des gens, il doit pouvoir les comprendre, et toute la démagogie de vos idéaux démocratiques. En somme, vous voudriez que le Tyran aille serrer les mains du bon peuple, comme cela se faisait à votre touchante époque.

— Enfin, quoi, peut-on gérer une situation que l'on n'a pas vue de ses yeux ?

— Qu'est-ce que cela change, de l'avoir vue de ses yeux ? Pour comprendre un problème, il faudrait l'avoir vécu ! Et comment le Tyran pourrait-il vivre tous les problèmes de la planète ?

— Alors, il gouverne à l'aveugle ?

— Il est très bien informé.

— En ce cas, ce sont ceux qui l'informent qui détiennent le pouvoir.

— Moins que de votre temps. Car aujourd'hui, l'information est réservée au pouvoir oligarchique.

— Vous n'avez rien inventé. De nombreux

régimes ont institué cette mainmise au cours de mon siècle.

— Avec une différence de taille : nous ne pratiquons aucune forme de propagande, à telle enseigne que le Tyran s'appelle Tyran et non « ami du peuple », « président » ou autres sottises mensongères.

— Des répressions en cas de médisances ?

— S'il y a des médisances, elles ne parviennent pas à nos oreilles. Nous ne nous en soucions pas le moins du monde. Peu nous chaut de savoir si le Tyran est honni ou non.

— En somme, c'est un système qui a tous les défauts, sauf l'hypocrisie.

— Pensez-en ce que vous voulez. Votre jugement nous importe aussi peu que possible.

— C'est très gentil de votre part, mais ne perdons pas le fil. Qu'est-il arrivé au Sud ?

— Comment pourrais-je répondre à une telle question ? C'est trop vaste. Vous me demandez ce qui est arrivé à plus de la moitié de l'espèce humaine.

— Vous m'accorderez que le propos n'est pas dérisoire.

— Si, il l'est, par excès d'immensité. Même

Schéhérazade n'aurait pas le courage de vous répondre.

— Prenez votre temps. Nous disposons de bien plus de mille et une nuits. Vous et moi, Celsius, nous avons l'éternité à passer ensemble.

— Vous allez me faire pleurer.

— J'en rêve !

— Vous avez tort de vous croire tout permis. Nous n'avons jamais hésité à éliminer un gêneur.

— Cela ne m'effraie pas. Mourir, pour moi, serait une forme de soulagement. Rien n'est pire que cet état d'entre-deux. Être encore là alors que, d'une certaine façon, je suis déjà morte, c'est insupportable.

— Amusant, tous ces condamnés à mort qui prétendent aspirer au trépas. C'est toujours la même chose : quand on arrive au-devant d'eux avec la capsule de cyanure, ils sont verts de peur et ils implorent leur grâce.

— Vous avez l'air de vous y connaître, en matière d'exécutions.

— Je ne m'en cache pas.

— Si vous êtes une crapule aussi franche et dénuée de scrupules, qu'est-ce qui vous empê-

che de répondre à mes questions en toute transparence ?

– Quand vos questions ne concernent que
moi, je ne m'en prive pas.

– Saurai-je enfin qui est concerné, en
l'occurrence ?

– Et moi, saurais-je enfin ce que cela peut
vous faire ? Pourquoi vous souciez-vous de ce
qui s'est passé tant de siècles après le vôtre ?

– Il y a quelque temps, vous me reprochiez
de ne pas m'y intéresser assez.

– Oui, mais vous posez les mauvaises questions, celles qui ne vous mèneront nulle part.

– Laissez-moi juge.

– Surtout pas.

– Rendez-vous compte : vous et moi, nous
sommes au seuil de notre vie commune. C'est
comme le mariage ; en pire, puisque nous
n'avons pas la possibilité de nous quitter. Et
nous sommes jeunes, hélas ; nous n'allons pas
mourir de sitôt. Comment voulez-vous que
nous passions les quarante prochaines années
à éviter de parler du Sud ?

– Ce n'est pas un sujet si important. Je suis

sûr que bien des gens ont vécu leur existence entière sans prononcer ce mot.

– Si ces gens-là existent, je n'ai pas envie de les connaître.

– La réciproque est vraie. D'ailleurs, personne n'a envie de vous connaître, aujourd'hui.

– C'est extraordinaire, la hargne que vous avez envers moi.

– Je ne vois pas pourquoi je cacherais que vous me déplaisez foncièrement.

– Vu les circonstances de notre rencontre, quoi de plus normal ? Mais imaginez que vous m'ayez connue d'une autre manière ?

– Impossible. Si vous étiez de notre époque, vous auriez été orientée, dès votre plus jeune âge, vers les basses couches de la population. Les gens de l'élite ne sont jamais amenés à côtoyer ceux que nous appelons « les intouchables mentaux ».

– Et quel sort est réservé à ces intouchables ?

– Les femelles traient les baleines et nourrissent les autruches. Les mâles travaillent dans les abattoirs, cultivent la terre et surveillent les entrepôts.

– Et les ouvriers ?

— Les ouvriers sont une caste au-dessus. Il faut être surqualifié pour faire marcher les machines d'aujourd'hui.

— Y a-t-il encore des fonctionnaires ?

— Non. L'administration est informatisée de bout en bout.

— Où met-on les bons à rien, alors ?

— Dans les usines de mots croisés.

— Pardon ?

— Oui. Nous nous sommes rendu compte que les mots croisés réalisés par ordinateur étaient sans intérêt. Le cruciverbisme demeure le seul terrain où un homme au petit quotient intellectuel peut surpasser une machine. Aussi, pour que ces gens aient l'impression d'être utiles et ne menacent pas la paix sociale, nous avons créé de très nombreuses usines de mots croisés qui ont épongé jusqu'au souvenir du chômage.

— Mais... y a-t-il une demande pour tous ces mots croisés ?

— Une demande, ça se suscite. Nous avons répandu la passion des mots croisés chez les 80-100.

— Les quoi ?

— Les 80-100, c'est-à-dire ceux dont le quotient intellectuel se situe entre 80 et 100. Ils constituent 90 % de la population mondiale.

— La moyenne a baissé depuis mon époque.

— Oui, mais les meilleurs sont devenus encore meilleurs. Revenons aux 80-100 : ils sont la cible principale de toute politique responsable, puisqu'ils sont les plus nombreux.

— Au fond, ce sont les médiocres ?

— On peut dire ça comme ça.

— Croyez-vous que j'en fasse partie ?

— Vous êtes obsédée par vous-même, hein ? Rassurez-vous. À vue de nez, vous êtes une betterave.

— Une betterave ?

— C'est ainsi que nous appelons les 50-80.

— Ma foi, je préfère être une betterave qu'une médiocre.

— Grand bien vous fasse.

— Amusez-moi. Racontez-moi les noms que vous donnez à chaque strate de la population.

— En dessous de 50, on ne peut plus vraiment parler d'êtres humains. Nous n'osons pas nous moquer de ces malheureux ; aussi leur avons-nous choisi une désignation abstraite : nous les appelons les entonnoirs.

— Pourquoi ? Parce qu'ils s'en servent comme chapeau ?

— Qu'est-ce que c'est que cette histoire ? Et pourquoi riez-vous comme ça ?

— À mon époque, quand quelqu'un était fou, on disait qu'il se promenait avec un entonnoir sur la tête.

— Et c'est ça qui vous fait rire ?

— Oui !

— Je ne comprendrai jamais l'humour des betteraves.

— Elles vous le rendent bien.

— Comme les 80-100 sont largement majoritaires, nous préférons ne pas leur donner de nom, de peur de les vexer (ce sont les plus susceptibles). Nous les appelons les 80-100 . avec ces nombres, tout est dit.

— Ensuite ?

— Il y a les « caducs » : les 100-120. Ils ne sont pas assez intelligents pour faire partie de l'élite, mais ils le sont trop pour être médiocres. Ils représentent notre principal problème. Nous ne savons pas trop bien où les mettre, d'autant qu'ils n'ont pas le don d'obéissance.

Nous essayons de les orienter vers une carrière artistique.

— L'art n'a rien à voir avec le quotient intellectuel !

— Opinion de betterave.

— Justement : moi, betterave, j'étais artiste.

— Non : vous étiez écrivain.

— Et dans quelle tranche les situez-vous, les écrivains ?

— L'intérêt de la littérature est qu'elle surgit dans chaque couche de la population. Il y a les écrivains betteraves qui s'adressent à un lectorat betterave, les écrivains 80-100, les caducs, et ainsi de suite. La littérature nous est très utile, car elle nous permet de sonder les humeurs des diverses strates intellectuelles.

— Moi, j'aurais voulu être un écrivain entonnoir.

— Les entonnoirs ne lisent pas.

— Précisément.

— Menteuse ; vous aimiez qu'on vous lise.

— De mon temps, oui. Mais être réservée à une couche intellectuelle bien déterminée — que ce soit la plus basse ou la plus haute — me dégoûte.

— Que nous sommes délicate. Je continue : il y a la petite élite, qui est constituée des 120-130. La quasi-totalité des juristes se situent dans cette tranche. Il y a l'élite : ce sont les 130-150. Ils sont médecins, ingénieurs. Vient ensuite la grande élite : les 150-190. Ils sont physiciens, mathématiciens.

— Laissez-moi continuer : au-delà de 190, ce sont les génies, comme vous, Celsius.

— Oui, sauf qu'on ne les appelle pas les génies. On les nomme les Grands, tout simplement.

— Comme les Grands d'Espagne.

— Oui, à part qu'il n'y a plus d'Espagne et que cela n'a rien à voir avec la noblesse.

— Ça, je m'en étais déjà aperçue.

— L'une des beautés de notre système est que le Tyran a un quotient intellectuel de 140. Il ne fait donc même pas partie de la grande élite.

— Oui, c'est presque un demeuré.

— Vous ne vous êtes pas regardée ?

— Excusez-moi, mais je n'ai jamais rien entendu de plus confondant de bêtise que votre classification. Cette espèce de thermomètre des intelligences et des carrières, c'est d'une lourdeur crasse : même à l'époque où je vivais, qui n'était pas des plus subtiles, jamais on n'aurait envisagé un système aussi simpliste et archaïque ; d'ailleurs, on commençait à s'accorder sur l'inanité des tests du Q.I.

— Ce qui m'amuse, c'est que si je vous avais située parmi les Grands, vous trouveriez ces catégories excellentes.

— Et les mystiques, vous les mettez où ?

— Les mystiques ?! Pourquoi pas les trapézistes ?

— Répondez.

— Quelle incongruité ! Il n'y a plus de mystiques. Comment voulez-vous qu'il y ait encore des mystiques ?

— Et vous, comment pouvez-vous savoir qu'il n'y a plus de mystiques ? Ce n'est pas un métier et ce n'est pas écrit sur la figure des gens.

— Si : les mystiques, ça a des joues creuses et des yeux d'entonnoir.

— Lieu commun idiot et démenti par la plupart des portraits de mystiques.

— Mais pourquoi voulez-vous savoir ce que

sont devenus les mystiques ? Vous faites une étude sur les minorités ethniques ?

— J'ai l'intuition qu'avec les horreurs dont vous n'osez même pas me parler, le besoin de mysticisme est réapparu.

— Pas plus que la peste et le choléra, non.

— Moi, je suis sûre que le mysticisme a fait des ravages. Mais comme le véritable amour, le vrai mysticisme est un comportement silencieux. C'est pourquoi il échappe à vos paramètres.

— Vos conjectures sont d'une inanité adorable. Peu importe qu'il y ait des mystiques ou qu'il n'y en ait pas. J'ai envie de vous dire ce que Staline disait quand on lui parlait des objections du pape : « Le Vatican ? Combien de divisions ? »

— Je ne vous parle pas de religion, je vous parle de mysticisme.

— Raison de plus. Certaines religions révélées ont pu s'organiser en groupes de pression : il y a eu de sacrés précédents. Mais les mystiques ont autant d'influence sur l'avenir du monde que les chasseurs de papillons.

— Vous n'en savez rien.

— Ne soyez pas ridicule.

— C'est vous qui me semblez limité. Aucune science, aucune intelligence, fût-ce la vôtre, ne peut se permettre de ne pas envisager cette question.

— Quelle question ?

— Celle du mysticisme. Celle du monde invisible.

— Attendez... Vous n'allez quand même pas me parler de Dieu ?

— Non : ce n'est pas un sujet de conversation.

— De quoi parlez-vous, alors ?

— De ces choses dont on ne parle pas. De ces inquiétudes, de ces ignorances qui ne peuvent pas ne pas vous assaillir, de ces choses incompréhensibles et intraduisibles que l'on entend au détour de certains concertos de Bach, qui empêchent de dormir la nuit, qui donnent à penser que nous sommes aveugles et sourds...

— Histoires de bonne femme.

— Les concertos de Bach, ce sont des histoires de bonne femme ?

— Les concertos de Bach sont l'expression du génie. Il est normal que cela vous dépasse.

— Ah. Vous, ça ne vous dépasse pas ? Vous composez des concertos comparables le matin, en prenant votre douche ?

— À chacun son talent.

— C'est ça. Bach, c'était la musique, et vous, ce sont les éruptions volcaniques.

— Vous avez bientôt fini, avec nos inepties ?

— Allez-vous laisser des partitions pour la postérité : *Menuet pour Vésuve et orchestre — apocaliptico ma non troppo* ?

— Où voulez-vous en venir ?

— Comment pouvez-vous croire que l'œuvre d'un Bach ou d'un Mozart entre dans votre symptomatologie intellectuelle ? Comment pouvez-vous être sourd au point de ne pas entendre qu'il se trame là-derrière des phénomènes auxquels vous n'aurez jamais accès ?

— Qu'est-ce que vous voulez que cela me fasse ?

— Peur. Je voudrais que cela vous fasse peur.

— Peur de quoi ?

— Peur de ce que je ne me permets pas de nommer. Peur de l'innommable.

149

peplum*Péplum*

— J'ai compris ! Vous voulez m'inspirer la
peur de l'enfer ! C'est à mourir de rire.

— Non : l'enfer, ça se nomme. Nommer les
choses, c'est leur enlever leur danger. Et je n'ai
pas de doute sur ce point : vous finirez par
avoir peur.

— Vous vous prenez pour la statue du Com-
mandeur dans *Don Giovanni* ?

— Vous devez en avoir, des choses à vous
reprocher, pour éluder à ce point — et pour
éluder aussi mal, car l'exemple de Don Giovanni vous sied comme un gant.

— Vous trouvez que j'essaie de vous séduire ?

— Don Giovanni n'aimait pas plus les femmes que vous. Ce qui l'intéressait, c'était la
transgression.

— La transgression ne m'intéresse pas, puisque c'est moi qui crée les règles.

— Ne savez-vous pas qu'il y a des lois éternelles contre lesquelles vous ne pouvez rien ?

— Et revoici notre Antigone du vingtième
siècle. Eh bien non, figurez-vous qu'il n'y a pas
de lois éternelles et que la responsabilité est
mon seul critère de jugement.

— Je vous le répète : un jour, vous aurez peur.

150

Vous ne saurez même pas de quoi vous aurez peur, mais vous aurez peur, et aucune de vos belles paroles sur la responsabilité ne vous apaisera. Ce jour-là, je n'aimerais pas être à votre place.

— Vous dites ça comme si c'était moi, le coupable ! Mais je n'étais pas né à l'époque.

— À l'époque du génocide ?

— Ce n'était pas un génocide, c'était un anéantissement pur et simple.

— Je regrette : tuer toutes les populations du Sud, moi, j'appelle ça un génocide.

— Nous, nous appelons ça autrement.

— Merde. Alors, c'est ce qui s'est produit ? Je disais ça au hasard, pour voir si vous mordriez à l'hameçon. Je n'aurais jamais cru que...

— Ce n'était pas un génocide, c'était un anéantissement.

— Il y a des limites au cynisme, Celsius ! On se fiche que vous nommiez ça génocide, anéantissement ou bagatelle. C'est ignoble, quelle que soit la terminologie employée.

— Ce serait ignoble si nous avions décimé le Sud.

– Décimé ? Vous n'avez pas décimé le Sud, vous avez tué les gens du Sud jusqu'au dernier !

– Non. Vous n'avez pas compris : notre résolution fut d'ordre intellectuel. Nous avons décidé qu'il n'y aurait plus de Sud.

– Pardon ?

– Il n'y a plus de Sud. Voilà.

– Vous voulez dire qu'il n'y a plus personne au Sud ?

– Non, je dis qu'il n'y a plus de Sud. Les gens du vingt-deuxième siècle n'ont pas voulu assumer la responsabilité d'une pareille extermination : il s'agissait de supprimer les deux tiers de la population mondiale. L'espèce humaine n'aurait pas pu continuer à vivre avec une culpabilité aussi démentielle. Le problème fut réglé d'une manière à la fois énorme et sophistiquée : on coulerait le bateau avec l'équipage. Que sont devenus les gens du Sud ? Il n'y a pas de Sud, alors votre question n'a aucun sens.

– C'est votre réponse qui n'a aucun sens ! Comment voulez-vous qu'il n'y ait plus de Sud ? C'est impossible !

– Ma chère amie, c'est possible depuis quatre siècles, sans que votre caution morale ait été nécessaire.

— Je ne vous parle même plus de morale, je vous parle de logique. S'il existe un Nord, un Est et un Ouest, il est logiquement intenable qu'il n'y ait pas de Sud.

— Vous aimez la logique, hein ? Ça tombe bien, moi aussi. Parlons logique : parlons de Pompéi. Qu'est-ce que la fameuse aporie du menteur comparée à l'aporie de Pompéi ? L'éruption a été déclenchée il y a un an — j'en sais quelque chose, c'est moi qui l'ai provoquée. Et vous, du fond de votre vingtième siècle, vous savez que Pompéi a été ensevelie sous la lave le 24 août de l'an 79 après Jésus-Christ — et ce, six siècles avant notre intervention. Ça ne tient pas debout, n'est-ce pas ? Logiquement, c'est indéfendable, n'est-ce pas ?

— Pas seulement logiquement.

— Chaque chose en son temps. La logique précède tout ordre de pensée, tenons-nous-en là. Ce que je veux vous faire admettre, c'est que les apories peuvent avoir une réalité matérielle. Vous ne pouvez pas le nier : votre seule présence ici le prouve. Jusqu'au vingt-

deuxième siècle, on croyait que les raisonnements aporétiques étaient de jolis engrenages
abstraits destinés aux collectionneurs d'idées
bizarres. Mais non : il en allait des apories
comme des macaronis, de la grammaire ou de
la vie en général : elles étaient ce que l'on en
faisait.

— Ce n'est pas vrai : on ne peut pas décider
que 2 et 2 font 5.

— Si, on le peut. Comment nieriez-vous ce
que quatre siècles ont cautionné ? La non-
existence du Sud est peut-être absurde, mais
quand une absurdité est reconnue par tout le
monde depuis 400 ans, on l'appelle réalité. Et
ça marche.

— Ouais. Il ne faut pas demander quelle pression la politique a exercée sur les esprits pour
les empêcher de formuler tout haut leurs objections.

— Détrompez-vous, ma pauvre enfant. Jamais
idée n'a été acceptée avec autant d'entrain et
de soulagement par l'humanité survivante. Je
vous l'ai dit : les gens n'auraient pas eu la force
de continuer à vivre avec une culpabilité aussi
écrasante. Là, on leur offrait une échappatoire

merveilleuse : « Le génocide ? Quel génocide ? Les gens du Sud ? Qu'est-ce que c'est, le Sud ? Ça n'existe pas. Jamais entendu parler. »

— L'hypocrisie a-t-elle pu aller jusque-là ?

— Ce n'est pas de l'hypocrisie. C'est l'instinct de conservation. Vous n'avez pas l'air de comprendre à quel point l'anéantissement du Sud était nécessaire. Vous n'aviez pas tort, tout à l'heure, de dire que l'axe Nord-Sud était le plus terrible : il était de plus en plus terrible, vous savez, l'axe qui séparait les nantis des crève-la-faim. Ce n'était plus tenable. L'invasion des pauvres n'était même plus une menace, c'était une fatalité numérique.

— Je rêve, ou vous êtes en train de justifier ce qui s'est passé ?

— Non, j'explique ce qui a eu lieu. Au milieu du vingt-deuxième siècle, l'humanité a été forcée de choisir : quelle catégorie humaine allait-on sacrifier ? Les handicapés ? Ils n'étaient pas assez nombreux. Les Chinois ? Ils étaient trop puissants. Les gens trop laids ? Le critère était flou. Les intellectuels ? Ils étaient amusants. Les gros ? On les aimait bien. Et puis, pourquoi chercher si loin, quand il exis-

155

tait une race aussi déplaisante que les pauvres ?
Les pauvres : pouah ! Quelle espèce détestable.
Savez-vous pourquoi les pauvres étaient haïs-
sables ? Parce qu'ils donnaient mauvaise
conscience. Quand on croise un boudin ou un
malade mental, on ne se sent pas coupable :
c'est un boudin parce que c'est un boudin, c'est
un malade mental parce qu'il est né comme
ça. Mais quand on se retrouvait nez à nez avec
un pauvre, il était difficile de ne pas se dire :
« Si je lui donnais la moitié de mon avoir, il
ne serait plus pauvre. » Ça aussi, c'est de la
logique.

— J'ai envie de vomir.

— Pourquoi ? Je vous ai appris quelque
chose ? À votre époque aussi, on détestait les
pauvres.

— Pas tout le monde.

— Les véritables exceptions étaient rarissi-
mes. Il ne suffit pas de donner aux bonnes
œuvres pour prouver qu'on aime les pauvres.
Croyez-moi : au milieu du vingt-deuxième siècle, quand il s'est agi de sacrifier une espèce,
on n'a pas hésité longtemps. Enfin, il allait ne
plus y avoir de pauvres ! On allait pouvoir

manger tranquille, allumer sa télévision sans avoir peur. La boîte aux lettres allait enfin cesser d'être encombrée de papiers qui racontaient le drame des enfants péruviens – qu'est-ce qu'on s'en foutait, des enfants péruviens ! On n'avait pas demandé qu'il y en ait, des enfants péruviens ! Qu'est-ce qui leur a pris, aux Péruviens, d'avoir des enfants ? Moi, si j'étais péruvien, j'aurais compris qu'il ne fallait pas avoir d'enfants. Et puis, être péruvien, non mais quelle drôle d'idée, est-ce que je suis péruvien, moi ? Et on voudrait que je donne mon argent à ces gens-là ?

– De là à ce qu'il n'y ait plus de Péruviens...

– Eh bien, il n'y en a plus. Et il n'y a plus de Soudanais, de Nigérians, de Brésiliens, de Somaliens, etc. On est enfin entre nous.

– C'est dégueulasse.

– Allons, allons. En 1995, vous n'étiez pas Mère Teresa de Calcutta, je crois. Alors, je ne pense pas que vous ayez voix au chapitre.

– Je ne peux pas le croire. Une chose pareille dépasse mon entendement.

– Je ne vois pas pourquoi vous ne le croyez

pas. Votre siècle s'y entendait, en matière de génocides.

— Ce n'est pas comparable.

— Ah ? Expliquez-moi la différence.

— L'ampleur !

— Exterminer cinquante milliards de personnes est-il si différent d'en exterminer vingt millions ? Il est bien mesquin, votre critère. Non : la vraie différence entre les génocides du vingtième siècle et l'anéantissement du vingt-deuxième siècle est d'ordre intellectuel. Les gens du vingt-deuxième siècle ont tout simplement supprimé une catégorie mentale. Et non la moindre : le Sud. C'est comme s'ils avaient trépané la planète.

— Vous pouvez le dire. Comment peut-on vivre sans le Sud ? Ici, je ne vous parle même plus de logique. Le Sud : n'était-ce pas le sel de la Terre ? J'ai vécu de longues années dans le Sud : ce ne furent pas les années les plus heureuses de mon existence, mais ce furent celles où la vie m'a paru le plus près de moi. Aller vers le Sud, est-ce que ce n'était pas aller vers le foyer de la vie ?

— Je le crois aussi.

– Parlons de vous, Celsius : que la populace égoïste ait accepté la disparition du Sud, cela ne m'étonne pas tellement. Mais vous ! Vous, le lettré, vous, que je n'aime pas et dont cependant je ne puis nier l'intelligence pénétrante – vous, Celsius, élite intellectuelle, vous, le spécialiste de l'Antiquité romaine, vous qui ne pouvez ignorer que la civilisation est née au Sud –, vous supportez de vivre avec cette idée monstrueuse ?

– La capacité de résistance des humains à l'horreur dépasse l'imagination.

– Enfin, ça ne vous rend pas malade ? Les autres ont réussi à éliminer le Sud de leurs catégories mentales : cela doit les aider. Mais vous qui êtes si bien informé, comment supportez-vous ça ? Car, d'après ce que j'ai compris, l'Italie du Sud n'existe plus non plus ?

– En effet. Le vingt-deuxième siècle a fait comme le Christ : il s'est arrêté à Eboli.

– L'Italie, Celsius ! Votre terrain de chasse ! Je commence à vous connaître : cynique comme vous l'êtes, la disparition des Philippines et du Liberia ne doit pas vous empêcher de dormir. Mais on a touché à votre monde romain ! Cela doit vous être resté en travers du gosier, non ?

— Vous êtes mieux placée que personne pour savoir comment j'ai réagi. Auriez-vous déjà oublié ?

— Pompéi ?

— Mais oui. On n'en sort pas.

— Racontez-moi.

— Il vous serait facile de reconstituer mon histoire. Je suis né il y a trente-sept ans. Très vite, j'ai été distingué comme l'enfant le plus brillant de ma génération. On m'a orienté vers la physique, comme on le fait pour tous les esprits supérieurs. J'aimais cette science, mais elle ne me suffisait pas. J'ai demandé à être initié au savoir le plus secret, à celui qui est réservé à quelques Grands : les sciences antiques.

— Évidemment : depuis le vingt-deuxième siècle, j'imagine que l'histoire de l'Antiquité est le sujet tabou par excellence.

— Comme tout ce qui s'est déroulé au Sud.

— Donc, par la force des choses, vous avez découvert l'existence du Sud ?

— Je me souviendrai toujours de cette minute. J'avais dix-sept ans : le surgissement du Sud dans mon cerveau m'a frappé comme une gifle. Ce fut une crise épouvantable. Pendant une nuit entière, j'ai voué à l'humanité une haine sans bornes.

— Cela fait plaisir d'entendre qu'au vingt-sixième siècle, l'adolescence existe encore.

— Cette fureur n'était pas tenable. Au matin, j'ai pris une résolution démesurée : puisque je ne pouvais pas annuler ce qui s'était passé, moi, Celsius, j'allais sauver du naufrage un échantillon de Sud.

— Encore fallait-il le choisir.

— En effet. Je ne sais pas si vous vous rendez compte de ce que fut ce choix. Vu nos maigres provisions d'énergie, je n'avais pas droit à l'erreur : je devais trouver le lieu unique et parfait qui constituerait, jusqu'à la fin des temps, le dernier éclat du Sud, la dernière trace de ce qui fut à la fois le germe et la perte de la civilisation. La mission que je m'étais attribuée était effrayante ! Et je n'avais que dix-sept ans.

— Vous m'étonnez. Vous sembliez plus inquiet du choix du lieu que des moyens scientifiques du... repêchage.

— Oui ! Parce que les moyens seraient à déterminer en fonction du site choisi. Je ne suis pas Dieu : s'il n'y avait pas eu un volcan auprès de Pompéi, j'aurais dû inventer autre chose.

— Mais comment pouviez-vous effectuer de telles recherches alors que vous ne disposiez ni des territoires méridionaux ni de cartes géographiques ? Car je ne crois pas me tromper en avançant que le Sud n'était repris sur aucune cartographie ?

— Comment voulez-vous cartographier ce qui n'existe plus ?

— Justement. C'est pourquoi je vous demande quels furent vos éléments de recherche.

— Les textes anciens. Rien d'autre.

— Mais que devaient-ils être, ces textes anciens ? J'ai des démangeaisons à l'idée que je n'ai pas pu les connaître.

— Ne vous plaignez pas : grâce à l'éruption, votre époque a disposé de plus de textes sur Pompéi que la nôtre. Il m'a fallu un sacré flair pour déceler, parmi tant de cités mentionnées, celle qui ne devait pas être oubliée.

— Comment pouviez-vous en être sûr ? Vous n'aviez pas vu les autres villes.

— Il y avait des indices. J'ai surtout épluché le courrier des Latins : les lettres qu'ils envoyaient de Pompéi étaient incomparables. Le peuple romain, malgré l'admiration que je lui voue, a toujours eu un côté lourdaud : ce n'est pas pour rien que ces gens furent à l'origine du droit occidental. Ils avaient cet aspect ergoteur typique des chtoniens : cela se sentait jusque dans leur éloquence et leurs épîtres. Or, les lettres écrites à Pompéi semblaient nées des calames des meilleurs des Grecs.

— Si vous préfériez les Grecs aux Latins, il fallait choisir une ville grecque.

— Nuançons. D'abord, comme vous le savez, Pompéi peut être considérée comme une ville grecque. Ensuite, je ne préfère pas les Grecs aux Latins. Il faut être philologue, métaphysicien, mystique, artiste peintre ou obsédé sexuel pour préférer les Grecs aux Latins.

— Vous n'êtes rien de tout cela, en effet.

— Moi, je suis un homme de mon siècle, et qui plus est un homme politique.

— À dix-sept ans, vous l'étiez déjà ?

— Non, mais je savais que mon projet était impossible si je ne devenais pas un homme de pouvoir, c'est-à-dire un homme de responsabilité. D'où ma préférence pour le monde romain.

— Pourtant, votre tyrannie est de modèle grec.

— De ces Grecs-là, oui : car en général, quand on cite un modèle politique grec, c'est de Périclès qu'il est question. Et Périclès, contrairement à ce qu'affirment de gentils philologues nourris de bas-reliefs et de génitifs absolus, est à l'origine du système de gouvernement le plus mauvais du monde. D'ailleurs, c'est à partir de Périclès que la Grèce a entamé son déclin. Et quand elle a eu de grandes entités territoriales à gérer, elle a montré les limites de son savoir politique. Les Romains se sont révélés des administrateurs autrement qualifiés.

— Ces considérations vous ont-elles influencé quant au choix du site à préserver ?

— Mais oui. Je voulais un lieu qui m'agrée tant sous l'angle artistique que politique. La découverte de Pompéi me combla. Elle fut d'autant plus émouvante que mes recherches furent aveugles : je ne disposais que de descriptions pour entrevoir cette ville. À travers les textes, j'avais l'impression de la désensabler peu à peu. Si je suis tombé amoureux une fois dans ma vie, ce fut cette fois-là. J'avais dix-huit ans.

– Vous êtes un drôle de type.

– Parce que je suis tombé amoureux d'une ville plutôt que d'une femme ? Je me trouve plus sensé que les autres.

– Ça se défend.

– J'étais ivre de mon projet : j'allais faire ce que Yahvé avait fait pour l'arche de Noé, mais en beaucoup plus difficile, puisque j'allais procéder avec vingt siècles de retard. La démesure de mon idée me galvanisait. Je m'engloutis dans l'étude, non seulement pour mettre au point la réalisation technique du projet, mais surtout pour la présenter aux politiques. Sans l'accord du Tyran, je n'avais aucune chance. Afin d'obtenir son aval, il fallait que je sois moi-même au sein de l'oligarchie. Je passai les épreuves avec le succès que vous savez.

– Je commence à vous trouver moins méprisable.

– Vous seriez avisée de me trouver admirable. Vous ne cessez de m'injurier depuis notre rencontre. Vous n'avez pas l'air de comprendre que je suis le seul être humain qui, durant les quatre derniers siècles, se soit préoccupé du Sud.

— Il faut reconnaître que vous avez eu une étrange manière de vous y prendre.

— Peut-être. Mais êtes-vous consciente qu'il n'y en avait pas d'autre ? Comment aurais-je pu rendre la vie à une parcelle de Sud si je ne lui avais pas, au préalable, fait subir l'épreuve du feu ?

— Ma foi...

— Vous voyez. Avant de juger inhumains les procédés d'aujourd'hui, demandez-vous si nous avons le choix.

— Avez-vous obtenu facilement l'accord du Tyran ?

— À cette fin, j'avais constitué un dossier en béton armé. J'ai mis dix ans à l'écrire. Il fallait qu'à sa lecture le Tyran ne puisse refuser. Plus difficile : il fallait qu'aucun oligarque ne lui oppose son veto. En général, il suffit que le mot Sud apparaisse dans un projet de loi pour le voir taxer d'impertinence politique. Or, en ce cas précis, le Sud était au cœur de l'affaire. Je dus déployer des trésors de sophistique et de diplomatie pour que le dossier soit recevable.

— Quels arguments avez-vous employés ?

— Vous allez rire : j'ai plaidé la négation pure et simple de mon idéal. La première moitié de mon projet était digne de Caton l'Ancien, avec cette différence non négligeable que j'exhortais à détruire ce qui avait déjà été détruit : je tirais sur le corbillard, je n'avais pas de mots assez rudes pour décrier ce monde de va-nu-pieds, de lépreux, de crève-la-faim, de paresseux, d'obscènes, de lapiniques, d'hirsutes, de forts en gueule, de malariques, de bavards, de menteurs, de malodorants, de goitreux — de Méridionaux, quoi. Cette espèce-là avait été la plaie de la planète et son anéantissement avait été aussi sain que l'amputation d'un membre gangrené : voilà la thèse que je déployais, avec une éloquence à la Joseph de Maistre.

— Vous vous présentiez en champion des ennemis du Sud, pour mieux endormir les méfiances.

— Non : j'amenais mon projet comme la conséquence logique de ma diatribe. Je disais à peu près ceci : « Le problème, c'est que l'Histoire est oubli : les générations à venir ne sauront plus pourquoi nous haïssions le Sud. Elles pourraient le redécouvrir et tenter de le restaurer. Afin de leur éviter cette erreur colossale, redonnons corps à cette cité de mollesse et de luxure, à ce symbole de décadence qu'était Pompéi. »

— Et ils ont marché ?

— J'avais la réputation d'être le plus grand spécialiste de l'Antiquité latine. Mes opinions faisaient autorité. Quant au titre de mon dossier, il avait tout pour leur plaire : il s'appelait « L'Infection ». Quel mot est le plus apte à terroriser un dirigeant qualifié de moderne ? L'infection, c'était le Sud : il fallait s'en défendre par un procédé que j'avais eu le culot de nommer « homéopathie exemplative ». Ça disait bien ce que ça voulait dire : ressusciter un petit foyer d'infection pour dissuader à jamais de reconstituer ce genre de civilisation.

— J'espère pour vous qu'il n'y a pas de micros dans cette basilique.

— N'ayez crainte : je suis aussi à la tête des services secrets. Pour se protéger d'une institution, rien de tel que d'en prendre le commandement.

– C'est par l'intermédiaire de vos services secrets que vous m'avez entendue proférer ces malencontreuses hypothèses concernant Pompéi ?

– On ne peut rien vous cacher.

– Vous disposez d'un écran pour explorer le passé ?

– Hélas non : nous n'avons jamais réussi à capter les images. C'est parce que la vitesse de la lumière est trop grande : elle est pour ainsi dire irrattrapable. En revanche, celle du son est accessible : nous captons les bruits du passé avec une précision parfaite. Ainsi, j'avais enregistré votre conversation mais je n'avais pas vu votre figure : j'ai eu un choc quand j'ai découvert combien vous étiez laide.

– Je compatis, mon pauvre Celsius.

– C'est à cette absence d'images du passé que sont dues nos petites erreurs expérimentales, comme l'éruption de la montagne Pelée.

– On ne fait pas d'omelette sans casser des œufs.

— J'ai cru devenir fou. Année après année, l'exécution du projet était retardée : les techniques n'étaient pas assez raffinées, le risque était grand de provoquer une éruption trop forte, avec séismes en chaîne qui détruiraient réellement Pompéi au lieu de la recouvrir de lave protectrice. Moi, j'étais impatient comme l'amoureux qui ne connaît pas encore la beauté de celle qu'il aime. En dépit de mon savoir, rien ne me permettait d'imaginer son sourire et ses visages. En outre, je vivais dans la terreur que l'un des oligarques ne s'avisât de l'incorrection politique de mon projet et ne lui opposât un veto tardif. Vous aviez tort, tout à l'heure, de me croire opposé au Tyran : mes seuls vrais ennemis, ce sont mes pairs, les trois autres oligarques.

— Vous n'êtes que quatre ! Voici une oligarchie qui mérite son nom.

— Si vous saviez les trésors d'hypocrisie que je déploie pour conserver leur sympathie ! Avoir besoin de l'aval de ces gens qui me sont tellement inférieurs !

— Votre quotient intellectuel est supérieur au leur ?

– Même pas. Mais, à notre degré d'intelligence, la sensibilité reprend ses droits. Je suis le seul d'entre eux à être capable d'émotion.

– Sans doute parce que vous êtes le plus orgueilleux.

– Y a-t-il un rapport ? C'est possible, après tout. J'aimerais le croire. Enfin, l'an passé, le 24 août, nous avons pu déclencher l'opération. Tant d'années de travail pour une heure d'éruption ! C'était grisant comme un grand gaspillage.

– Ce ne doit pas être facile, de provoquer une éruption à l'aveugle.

– Ma chère, à qui le dites-vous ! Mon exaltation n'avait d'égale que ma peur : ce serait seulement après, au vu du résultat, que nous pourrions constater les éventuels dégâts. Diriger des flux de lave à l'aide de ses seules oreilles, c'était quelque chose ! Les cris des victimes nous aidèrent beaucoup à nous repérer : là où ça ne gueulait pas assez, c'était que nous nous égarions en rase campagne.

– Quelle horreur.

– C'était poignant, ces hurlements : il était

émouvant de constater que, depuis 2 500 ans, les cris des mourants n'ont pas changé. Les moindres inflexions d'angoisse et de désespoir résonnaient avec une modernité singulière. J'en avais les larmes aux yeux.

— Je vous déteste.

— Vous avez tort. Si la Terre n'avait été peuplée que de petites oies de votre espèce, personne n'aurait jamais attenté aux droits de l'homme, certes, mais personne n'aurait jamais construit ou élaboré quelque chose de beau.

— C'est une théorie qui existait déjà à mon époque et à laquelle je ne croyais pas.

— Vous n'aviez pas encore assez d'arguments pour y croire.

— Vous voulez rire ? J'en ai à présent plus qu'il n'en faut pour n'y pas croire.

— Votre manière de placer les pronoms personnels compléments relevait déjà de l'archaïsme au vingtième siècle.

— C'est exprès. Le vingt-sixième siècle me donne un besoin furieux de m'enfoncer dans l'archaïsme.

— Enfoncer, c'est le terme exact. Moi, voyez-vous, j'ai fait le contraire : j'ai dégagé du naufrage de la mort une ville qui n'existait plus. Tout à l'heure, vous parliez des archéologues : quels débutants ! Juste bons à creuser des trous dans le sol et à poser des jalons. Et il leur fallait des diplômes pour ça !

— Vous savez très bien que c'était beaucoup plus compliqué.

— Ah oui, c'était si compliqué qu'ils étaient presque toujours incapables de trouver leurs sites eux-mêmes. Le plus souvent, ils se contentaient d'accourir là où les constructeurs du métro ou les laboureurs avaient déterré, par hasard, un objet bizarre. L'amateurisme par excellence.

— En effet, c'est ainsi qu'un paysan découvrit les ruines de Pompéi au dix-neuvième siècle. Dites-moi, Celsius, vous qui êtes intelligent, expliquez-moi comment cette ville a pu être découverte deux fois.

— Vous croyez me troubler, n'est-ce pas ? Ma pauvre petite, les bêtises hasardeuses des aventuriers du passé ne contrarient en rien les grandes affaires de notre siècle. Aussi longtemps que votre cerveau préscientifique n'aura pas admis que deux vérités contradictoires peuvent se glisser parmi les propriétés du Temps, vous ne comprendrez rien.

— Au fond, quelle preuve avez-vous des multiples sornettes que vous me balancez à la figure ?

— De quelle « sornette » en particulier désirez-vous la preuve ?

— Eh bien, pour commencer, je ne suis pas persuadée que Pompéi existe.

— Pardon ?

— Après tout, je n'y suis jamais allée. On m'a peut-être menti.

— Attendez. Si mes informations sont exactes, vous n'étiez pas cosmonaute.

— Vous êtes bien renseigné.

— Donc, vous n'êtes jamais allée sur la Lune ?

— Pas que je sache.

— Alors, pour reprendre votre raisonnement, la Lune n'existe pas.

— C'est possible. Je l'ai d'ailleurs toujours trouvée louche, la Lune, avec sa manie de changer de forme à longueur d'année. Une hallucination, sans doute.

— Vous vous foutez du monde, en somme.

— Même pas. Voyez-vous, à cause de ma crédulité maladive, j'ai appris à devenir méfiante.
Et j'ai eu raison, car j'ai vu s'écrouler tant de
certitudes. Ainsi, petite fille, j'étais persuadée
que les adultes avaient dans le cerveau une
chose que les enfants n'avaient pas – une
excroissance qui se développerait à l'intérieur
de ma propre tête quand je serais grande. J'y
croyais dur comme fer : sans cette glande
inconnue, comment expliquer le comportement si bizarre des adultes ? Et puis, je suis
devenue grande et je me suis aperçue que rien
n'avait poussé dans mon cerveau. Depuis, j'ai
appris à douter de tout.

— Ma chère enfant, je suis ému jusqu'aux
larmes que vous donniez à vos souvenirs virgi-
naux une valeur d'argument scientifique.
Dites-moi, votre grand frère ne vous aurait-il
pas raconté un bobard quand vous aviez quatre
ans, dont vous pourriez vous servir à présent
pour me démontrer – je ne sais pas, moi – que
l'eau ne bout pas à 100 degrés, que l'angle droit
n'existe pas, ou autre révélation fracassante ?

— Riez, riez. Et trouvez-moi un seul argument logique – je dis bien logique – pour me prouver que Pompéi existe.

– Mais... c'est insensé. Tout le monde sait que Pompéi existe.

– « Tout le monde sait que... » : c'est de la logique poujadiste, ça. Le plus mauvais argument qui soit. En plus, si je me réfère à vos dires, l'humanité a passé au moins six siècles à ne pas le savoir. Recalé, mon vieux.

– Enfin, j'ai vu Pompéi de mes yeux, moi qui vous parle.

– Qui me dit que vous n'êtes pas un menteur ?

– Nous sommes des millions à avoir vu Pompéi.

– Vous êtes peut-être des millions de menteurs.

– À votre époque aussi, des millions de gens avaient vu Pompéi.

– À mon époque aussi, il y avait des menteurs.

– Et Pline le Jeune, c'était un menteur ?

– C'est quasi certain. En 1995, on était en train de découvrir que ces admirables chroniqueurs latins avaient la passion du canular, illustres exemples à l'appui.

— Vous êtes la reine des fumistes.

— Prouvez-le.

— Expliquez-moi donc l'intérêt que ces gens — ces millions de gens — avaient à vous mentir au sujet de Pompéi.

— L'intérêt ? Vous êtes un débutant, Celsius. Pas besoin d'intérêt pour mentir. Le plaisir suffit.

— Pourquoi ces mensonges concordent-ils si bien, alors ?

— C'est un canular parfait, voilà.

— Et les photos ? Vous n'avez pas vu les photos de Pompéi ?

— Des montages. Un jeu d'enfant.

— Et les visiteurs qui en revenaient éblouis ?

— Autosuggestion. Ou alors endoctrinement.

— Et si je vous conduisais à Pompéi pour voir les vestiges ?

— Je pourrais dire que vous avez joué au facteur Cheval. Que c'est vous et vos hommes de main qui vous êtes amusés à fabriquer des ruines.

— Vous vous moquez de qui, au juste ?

177

— Et vous ? Je vous demandais de recourir à la seule logique pour me prouver l'existence de Pompéi, et vous m'avez fourni ces minables arguments humanistes. Qui êtes-vous pour ignorer que le mensonge est le dénominateur de l'humain ? Et vous voudriez que je vous croie ?

— Attention : votre œil au beurre noir n'est plus qu'une question de secondes.

— Eh oui : quand un admirable scientifique dont le quotient intellectuel avoisine 200 n'a plus d'arguments, il cogne. Vous êtes tellement humain que c'en est réconfortant, mon petit Celsius.

— Alors, c'est à cela que vous vouliez en arriver ? C'est pour prouver mon humanité que vous avez joué la comédie de l'incrédulité ?

— Je n'ai joué aucune comédie et je me fiche de votre humanité. En revanche, je vous ai mis à l'épreuve. Et je ressens un certain contentement à constater votre échec. Car, s'il n'existe aucune preuve de logique formelle pour attester l'existence de Pompéi, vos explications ne valent guère mieux. Pourtant, il existe un argument souverain, un argument qui transcende tous les raisonnements possibles, mais vous n'avez pas eu la finesse de me le servir.

— Je m'attends au pire.

— Je crois en l'existence de Pompéi parce que Pompéi est belle.

— La beauté n'est pas un critère de vérité.

— Mais si. Est vrai ce qui est beau. Le reste est invention.

— Les critères de beauté sont fluctuants.

— La vérité aussi. Seule cette loi reste : est vrai ce qui est beau. Phryné est acquittée parce qu'elle est belle : sa beauté n'inspire pas l'indulgence, sa beauté inspire la foi. On décide de la croire parce qu'elle est belle. On a raison.

— Et j'ai raison de ne pas vous croire puisque vous êtes laide.

— Et j'ai raison de ne pas croire à ces six siècles de laideur que vous m'avez résumés.

— Vous ne croyez même plus en l'Histoire ?

— À partir de maintenant, je ne croirai plus qu'en ce qui est beau. Peu m'importe d'être imitée — et cependant j'espère, oh oui, j'espère qu'il viendra, ce jour dernier où l'on daignera s'apercevoir que ces millénaires de cauchemar étaient des mensonges, que ces successions

179

d'horreur étaient pures affabulations d'esprits malades et qu'au fond rien ne s'est passé, rien n'a eu lieu, rien n'a existé, à l'exception de rares et microscopiques parenthèses de beauté, quelques minutes en Ionie – pardon ! C'est trop au Sud ! – ou encore la rencontre de Dante et de Béatrice.

– Pourquoi celle-ci plutôt qu'une autre ?

– Parce que Béatrice avait neuf ans. Parce que Dante préparait l'Apocalypse.

– Vous espérez l'apocalypse, n'est-ce pas ?

– Je préfère mille fois l'apocalypse à tout ce que vous m'avez raconté. D'ailleurs, qu'est-ce qui m'empêche de croire qu'elle a déjà eu lieu ?

– C'est ça. Vous exigez à nouveau un marathon logique pour que je vous prouve le contraire ?

– Inutile, mon cher. C'est tout vu. Elle a eu lieu. Un monde sans Sud est un monde qui n'existe plus. Quel soulagement ! Il n'y a plus d'univers. Cette sinistre plaisanterie a pris fin.

– Ouvrez les yeux. L'apocalypse n'a pas eu lieu puisque nous sommes là en train de parler.

– Rien n'est moins sûr. Vous m'avez l'air

d'une chimère, comme votre vêtement holographique.

– Et vous-même ? Vous ne pouvez pas douter de votre propre existence !

– Qu'est-ce qui m'en empêche ? Si vous saviez combien de fois j'en ai douté depuis mon enfance ! En vérité, je me trouve aussi inconsistante que tout ce qui m'entoure.

– Où voulez-vous en venir ? À quoi cette incrédulité généralisée va-t-elle vous mener ?

– À admettre l'évidence, Celsius, celle que vous semblez vous cacher à vous-même : la fin du monde a eu lieu. Tout est accompli.

– Mais non ! Il se passe des milliards de choses chaque jour !

– Ah oui ? Quoi donc ?

– Il y a des gens qui naissent, qui meurent, des gens qui passent des examens, qui...

– C'est bien ce que je disais : il ne se passe plus rien. La fin du monde a eu lieu.

– Mais de votre temps aussi, c'était comme ça !

– La fin du monde avait peut-être déjà eu lieu de mon temps.

– Vous faites bon marché de ceux que vous prétendiez aimer.

– Je ne suis pas mesquine. Je les aime même s'ils n'ont pas existé. Et vous, que votre existence soit fantasmatique ou non, je vous méprise.

– Vous me méprisez ! Vous me méprisez après tout ce que je vous ai dit ! C'est la meilleure. Seul de mon espèce, j'ai mis vingt ans de ma vie, j'ai mis mon intelligence supérieure au service de la plus noble des causes, et vous me méprisez !

– Comment voulez-vous que je vous admire, si Pompéi n'existe pas ? Ne comprenez-vous pas qu'il est trop tard pour admirer ? Tout est accompli, vous dis-je, la fin du monde a eu lieu. Résignez-vous, vous n'existez pas !

– Ma parole, elle se prend pour un prophète.

– Non, pas un prophète. Le prophète parle de l'avenir ; moi, je vous parle du passé. Je suis en position privilégiée pour examiner l'apocalypse, je suis la mémorialiste de la fin du monde – je connais des historiens qui auraient payé cher pour être à ma place ! Je suis au poste tant convoité, celui où le regard embrasse la totalité de ce qui fut, celui où saint Jean, sans avoir recours à vos machinations, était arrivé par la grâce d'une transe.

– Elle se prend pour saint Jean. Cela est grave.

– Depuis mon enfance, j'ai si souvent pensé à la fin du monde, me demandant si je la vivrais – ou plutôt si je la mourrais. J'essayais d'imaginer en quoi consisterait l'apocalypse ; l'une de mes hypothèses était que l'on ne se rendrait compte de rien, que l'on continuerait son petit quotidien sans même s'apercevoir de la disparition de l'univers et de la sienne propre. Il paraît que les amputés gardent la sensation du membre qui leur a été enlevé : il semble que notre sort ne soit pas différent. Les membres arrachés, c'est vous, c'est moi, qui n'existons pas, qui n'avons jamais existé, mais qu'une articulation immatérielle relie encore au grand cerveau de l'univers.

– Il n'est pas mort, lui ?

– Si, il est mort.

– Et il nous régit quand même ?

– Que savons-nous de la mort ? Vous qui savez tout ce que l'on peut savoir, que savez-vous de la mort ? N'avez-vous jamais songé que l'on pouvait mourir à l'insu de soi-même ?

— Non.

— Que vous êtes borné ! S'il y a des gens qui meurent dans leur sommeil, n'est-il pas vraisemblable que ces endormis s'éveillent de l'autre côté, sans avoir été avertis de ce qui leur était arrivé ? Pourquoi croiraient-ils qu'ils sont morts ? De leur vivant déjà, les humains ont un tel mal à admettre qu'ils vont mourir un jour, pourquoi trouveraient-ils cela plus admissible après leur décès ? Et puis, il y a toujours des distraits : ceux-là deviennent sans doute les fantômes. Ils étaient dans la lune au moment de leur trépas. Ils n'ont rien remarqué.

— Il y a aussi des folles qui se croient mortes alors qu'elles sont bien vivantes.

— Supposons que je sois vivante. Cela ne prouve pas que le monde existe encore.

— Votre conception de l'existence ne tient pas. On dirait un gruyère où il y aurait trop de trous par rapport au fromage, si bien que la somme de la matière ne suffirait pas à relier les trous entre eux.

– Mais alors, ce ne seraient même pas des trous, ce serait du vide.

– Je suis de votre avis. Vous théorisez à vide.

– Ce n'est peut-être pas la plus mauvaise donnée de départ.

– Bon, votre pseudo-science est d'un intérêt limité. Cela ne mène à rien, toutes vos histoires.

– Mon cher Celsius, je vous trouve bien fragile, pour quelqu'un qui professe qu'entre ce qui a eu lieu et ce qui n'a pas eu lieu, il y a autant de différence qu'entre plus zéro et moins zéro. Vous n'êtes même pas capable de supporter les conséquences de cette théorie. Après tout, que la fin du monde ait eu lieu ou non, qui s'en soucie ? Cela vous dérange donc tant, de ne pas exister ? Ne seriez-vous pas nombriliste ?

– Pouce. Repos. Vous exagérez, je vous assure.

– Mon garçon, il faudra vous y faire. Il y a peu, j'avais dit que nous en avions au moins pour quarante ans de vie commune. À présent, je sais que la fin du monde a eu lieu. Notre sort n'aura donc pas d'échappatoire. Vous et moi, Celsius, nous sommes ensemble pour l'éternité. L'éternité, Celsius ! Le mariage cauchemardesque et sans résiliation possible. Chaque matin, quand vous vous réveillerez – pour autant qu'après l'apocalypse le sommeil soit encore accordé –, vous vous retrouverez face à face avec mon visage. Tout au long de votre non-vie, sans rémission, vous aurez ma laideur à affronter. D'ailleurs, même si vous m'aviez trouvée belle, vous vous seriez dégoûté en deux ans de ma présence. Mais ce ne sera ni pour deux ans ni pour vingt ans ni pour deux cents ans, ce sera pour toujours, toujours, toujours. Et toujours il vous faudra subir ma conversation, qui est vaine et byzantine, je le sais, et qui vous insupportera sans cesse davantage, et vous n'aurez même pas la possibilité de me tuer pour en être quitte, puisque je suis déjà morte.

– Une chance que ce soient là pures divagations : un tel destin serait en effet abominable.

– Prouvez-moi que c'est de la divagation ! Prouvez-le ! Au stade mental où j'en suis arrivée, plus rien n'existe. Alors, comment voulez-vous que je ne croie pas en l'apocalypse ?

– Vous disiez que seul était vrai ce qui était

beau. Si telle est votre théorie, sachez que la beauté existe encore. Vous ne m'avez pas laissé terminer mon récit, vous m'avez interrompu au moment que je préfère, celui où j'ai enfin vu le visage de ma bien-aimée.

— Pompéi.

— Pompéi, qui mériterait de s'appeler Euridyce et dont j'ai été l'Orphée de génie. Il fallut attendre trois jours afin que les laves aient le temps de refroidir et de durcir. Le 27 août, mon équipe et moi prîmes les navettes, étourdis à l'idée de transgresser les frontières de la géographie mentale. Strabon avait raison de dire que la géographie est affaire de philosophie : quelle révolution dans notre tête, que de dépasser la fameuse limite d'Eboli ! Stupeur de cette rencontre avec le néant, que je ne pourrais même pas vous décrire — aucun mot, ni « zéro », ni « rien » ni « vide », ne peut exprimer ce néant. Silence de mort dans la navette. Et soudain notre souffle fut coupé : un paysage nous apparut, paysage de cauchemar, certes, mais échappant au néant.

— Le Vésuve devait encore fumer...

— Nous n'eûmes pas un regard pour cet instrument. Nous dévorions des yeux les dunes grises et noires, aux formes abstraites et heurtées, qui recouvraient ma bien-aimée.

— Combien de temps vous a-t-il fallu pour dégager les laves sans abîmer votre bien-aimée ?

— Quatre minutes.

— Quatre minutes ! De mon temps, il eût fallu quatre mois !

— Il arrive que le mot progrès ait un sens. C'est souvent quand un métier n'existe plus que les plus brillantes techniques viennent le servir. L'archéologie a été supprimée au vingt-deuxième siècle — on comprend pourquoi —, soit cinquante années avant l'invention du vulcanovore. Le vulcanovore, comme son nom l'indique, est aux laves durcies ce que la crème dépilatoire est au duvet d'une jambe de femme.

— Extraordinaire. Et cela n'abîme pas les vestiges fragiles, les mosaïques délicates ?

— Pas plus que la crème dépilatoire n'abîme la peau des jambes. En outre, le vulcanovore ne laisse aucune trace : il disparaît sitôt la lave dissoute.

— Superbe invention.

— Nuançons. C'est à cause du vulcanovore

qu'il a fallu remplacer le mont Fuji par un faux. Quelle idée, aussi, ces Japonais, de croire que leur dieu volcan était indestructible et d'avoir voulu le prouver scientifiquement ! En quatre minutes, il ne restait du mont Fuji qu'un château de sable. Les Nippons ont dû acheter un milliard de tonnes de lave à l'ancienne Islande pour pouvoir reconstruire ce symbole national.

– National ? Je pensais que cela n'existait plus.

– Les Japonais ont mis plus de temps que les autres pays pour devenir des Levantins.

– Et les Chinois ?

– Les Chinois constituaient 90 % des Levantins. Il leur fut facile d'établir l'équation « Levantin = Chinois ». Leur orgueil n'en souffrit pas. Mais, revenons à ma bien-aimée.

– Quatre minutes de décapage et puis...

– Et puis la rencontre. Dix-neuf années après que je l'eus rêvée, il m'était donné de voir celle à qui j'avais consacré ma vie. Ce sont les actes de foi qui sont à l'origine des amours les plus insensées. Cette nuit de mes dix-sept ans, avez-vous songé à ce qui s'était passé dans ma tête pourtant bien rationnelle ? À peu près ceci : « Parce que je l'aime, je vais me moquer de l'état actuel de la logique, parce que je l'aime, seul de mon espèce, je vais mentir au monde entier dont je serai l'un des maîtres, parce que je l'aime, je vais me lancer dans l'aventure la plus aporétique de l'Histoire ; je ne parviendrai à mes fins que si la logique ne s'aperçoit pas de ma conduite – autant dire que j'ai une chance sur cent mille de réussir, mais je l'aime et elle est morte, alors, ai-je le choix ? »

– « Je l'aime et elle est morte... » : un grand classique.

– C'est pourquoi mon histoire est si belle. D'ailleurs, aucune aventure humaine n'est aussi belle que celle-ci : la résurrection des morts par les vivants. Pas une résurrection métaphorique, qui ne pourrait suffire qu'aux professionnels de la nostalgie, mais la restitution pure et simple de celui qu'on avait perdu.

– Lazare...

– Non. N'entrons pas dans des discussions théologiques : je n'étais pas fils de Dieu, moi, j'étais un homme. C'est pourquoi, même si j'ai bien mieux réussi que lui, je me compare à Orphée.

— Un Orphée qui aurait eu le droit de se retourner.

— Il ne manquerait plus que cela, après le mal que je m'étais donné !

— Alors, ce premier regard ?

— Comme elle était belle, la ville que j'aimais ! Tellement plus belle qu'à votre époque, où tant d'archéologues amateurs l'avaient écorchée ! Là, elle m'apparaissait vierge comme la salamandre sortant des flammes, fraîche comme un visage lavé à l'eau. On eût dit que l'éruption avait aussi figé l'air : ma ravissante cité dégageait un souffle de gaieté et de vie qui nous était inconnu. Je pourrais évoquer son architecture pendant des heures sans en approcher le miracle, car elle n'était ni parfaite ni sublime, mais elle n'était que grâce et la grâce ne s'explique pas. Le plus beau, c'étaient ses yeux.

— Ses yeux ?

— Ses fresques innombrables qui me coupaient le souffle comme autant de regards. Peintures bucoliques qui invitaient à l'idylle, femmes vêtues de drapés inextricables et de sourires énigmatiques, animaux élégants et tendres, paysages érotiques d'une douceur exquise, fleurs invisibles à force de raffinement...

— Voici notre démiurge en pleine crise de lyrisme.

— Iconoclaste !

— Je n'y puis rien. Quand j'entends un assassin parler de petites fleurs, j'ai des sarcasmes plein le cerveau.

— Allons ! Une poignée de riches Romains déjà décadents, et d'il y a vingt-cinq siècles, de surcroît ! Qui les regrette ?

— Sans doute d'autres Romains d'il y a vingt-cinq siècles.

— Et alors ? Ils sont morts.

— Ils ne l'ont pas toujours été.

— J'adore votre phrase. Vous savez, face à ce genre de question, un minimum de réalisme s'impose. Quand j'entends, encore maintenant, des dames s'apitoyer sur le sort de Marie-Antoinette, je leur dis que de toute façon, aujourd'hui, elle serait morte. C'est peut-être un peu cynique...

— C'est surtout très plat.

— Peu m'importe votre jugement. Pour ma

part, j'estime avoir fait l'acte absolu ; c'est mon chef-d'œuvre.

– Tant mieux pour vous.

– Quelle action plus belle que d'être allé chercher Eurydice aux enfers ?

– Orphée n'avait pas tué des milliers de personnes pour en arriver là.

– Orphée était un irresponsable. Il a raté son coup. Pas moi.

– Je ne vois pas en quoi une hécatombe est une attitude responsable.

– Si vous aviez connu le vingt-deuxième siècle, vous comprendriez cela.

– Tiens. Je croyais que vous désapprouviez l'anéantissement du Sud ?

– À dix-sept ans, je le désapprouvais à fond. Depuis que je suis au gouvernement, je désapprouve moins. Pompéi est un joyau, mais je ne suis pas sûr que le reste du Sud en valait la peine.

– Sale type.

– Ce n'est pas moi qui ai anéanti le Sud.

– Il suffit que vous ne le désapprouviez pas pour être un sale type.

– Ma désapprobation ne servirait à rien.

— Je regrette. Il arrive qu'il y ait un devoir d'indignation, même quand cela ne sert à rien.

— Et contre quoi voulez-vous que je m'indigne ? Ou plutôt contre qui, sinon contre vous et vos contemporains ?

— Mes contemporains et moi ne valions pas grand-chose mais jamais nous n'aurions commis une atrocité pareille !

— Pourquoi parlez-vous au conditionnel ? Vous l'avez commise ! Ce que les gens du vingt-deuxième siècle ont fait était le résultat inéluctable de votre attitude. Ils ne sont pas plus coupables que vous.

— Ce n'est pas vrai ! C'est trop facile de dire ça !

— En effet, il est plus facile de dire la vérité que de proférer des sophismes.

— C'est vous qui êtes un sophiste ! Vous n'avez pas le droit de nous accuser d'une monstruosité à laquelle nous n'avons pas pris part.

— Pourquoi vous acharnez-vous à défendre vos contemporains ?

— Parce que j'étais l'une d'entre eux.

— Pourquoi vous acharnez-vous à vous

défendre ? Qui espérez-vous convaincre ? Vous-même ?

– Je sais très bien que je suis innocente.

– Êtes-vous inconsciente à ce point ? Je vais vous apprendre quelque chose à votre sujet : c'est que vous vous en fichez éperdument, de l'anéantissement du Sud ! La mort de cinquante milliards de personnes, vous vous en battez l'œil.

– C'est faux ! Ça me rend malade !

– Mais non, cela ne vous rend pas malade. Cela vous indiffère à un degré que vous ne soupçonnez pas. Vous n'êtes pas d'une autre chair que les gens du vingt-deuxième siècle, et si vous saviez combien le massacre les a peu émus !

– Moi, je ne suis pas comme ça.

– Eh si ! Savez-vous pourquoi ? Parce que votre cœur est exigu. Même les gens à qui l'on attribue un grand cœur ne peuvent pas y loger plus de cent personnes, et c'est un record. Or, vous, votre cœur a des dimensions lilliputiennes, à l'exemple de la majorité des humains. Je vais vous dire : dans votre cœur, il y a place pour quatre personnes, pas une de plus. Autrement dit, vous n'êtes capable de vous émouvoir que pour ces quatre personnes. Mais ce que l'on fait à cinquante milliards d'inconnus, vous vous en fichez ! C'est aussi pour cette raison qu'il est plus commode de perpétrer un génocide qu'un assassinat : personne n'a le cœur assez grand pour cinquante milliards de morts, quand tout le monde l'a assez vaste pour la femme coupée en morceaux.

– Vous ne me connaissez pas.

– Hélas, je lis en vous comme dans un livre. Votre cœur a la taille d'un pois chiche. Si petit que soit le mien, il est grand, comparé au vôtre. Ce que j'ai fait a prouvé que je me souciais du destin de l'humanité. Vous, vous vous êtes occupée de vous-même et de quatre individus. Alors, si vous saviez combien votre indignation me convainc peu !

– En tout cas, moi, je n'ai tué personne.

– La belle affaire ! Cela vous suffit-il à être fière de vous ?

– J'ai mon opinion pour moi.

– Le jour où vous aurez compris l'inanité de toute opinion, vous aurez fait un grand progrès.

— Vous ne me donnez aucune envie de « progresser ».

— Le progrès a ses vices ; il n'empêche que, sans lui, nous n'aurions pas pu sauver Pompéi. Vous ne pouvez pas nier que l'opération Pompéi est une réussite complète.

— Si, je le nie.

— Allons, bon. Vous allez encore me ressortir cette poignée de Romains décadents qu'il a fallu brûler dans l'éruption ? Vous n'avez pas le sens de l'Histoire.

— Non, en effet, mais j'ai du goût, moi.

— Raison de plus pour que vous admiriez l'opération Pompéi.

— Non. Je suis sûre qu'il y avait de plus belles villes à choisir.

— Et quelle cité incomparable eussiez-vous choisie, à ma place ? Charleville-Mézières ? Ou, vu votre nationalité, Erps-Kwerps ?

— La Campanie, ce n'est pas mal. L'Ionie, c'est mieux. J'aurais choisi Éphèse, et à une meilleure époque : le cinquième siècle avant Jésus-Christ, par exemple.

— Ma chère, vous vous enfoncez dans le ridicule.

— Pourquoi ? Vous n'aimez pas Éphèse ?

— Je ne vous crois pas digne de discuter des mérites comparés des villes antiques. Vous êtes-vous regardée ? Je commence à comprendre pourquoi vos contemporains vous ont prise pour un écrivain. Vous êtes d'une fatuité qui dépasse l'entendement.

— Parce que j'aime Éphèse ?

— Parce que, comme les minables, vous avez une haute idée de votre jugement.

— Vous aussi, dirait-on.

— Croyez-vous vraiment **que** vous puissiez vous comparer à moi ?

— J'en suis persuadée. D'ailleurs, je me trouve beaucoup mieux que vous.

— Merveilleuse suffisance des ilotes.

— Quelle chance pour vous, de ne pas gouverner un monde peuplé d'ilotes de mon espèce. Un monde où, entre autres ilotes, il y aurait des archéologues, des historiens de l'art ou tout simplement des hommes de goût qui, comme moi, désapprouveraient votre choix. Pompéi, est-ce que ce n'est pas un **peu** petit-bourgeois, comme esthétique ?

— Petit-bourgeois ?!

– Ou nouveau riche, ce qui revient au même.

– Vous êtes d'une fatuité rare !

– Pourquoi ? Parce que j'ai meilleur goût que vous ? Enfin, ce qui me soulage, c'est que tout cela est illusion. Pompéi n'a pas laissé plus de traces qu'Éphèse. L'apocalypse est derrière nous, et devant nous, Celsius, il n'y a que ce dialogue infini qui a l'air de tant vous exaspérer. Et ce n'est qu'un début.

– À quel jeu jouez-vous ?

– Vous pouvez considérer cela comme une scène de ménage qui durera éternellement.

– Je vais vous tuer.

– Impossible. Je suis déjà morte.

– Vous pourriez l'être davantage.

– Non, Celsius. Vous aussi, vous êtes mort. Un mort ne peut pas tuer.

– L'apocalypse n'a pas eu lieu, espèce d'illuminée.

– Ah. C'est embêtant pour vous, cela. Il vaudrait mieux pour vous qu'elle ait eu lieu.

– N'importe quoi.

– Si nous vivons bel et bien dans le système que vous m'avez décrit, alors je dispose de

199

moyens terribles contre vous. Vous êtes peut-être un scientifique de haut vol, Celsius, mais dans les conversations, vous êtes un débutant, vous êtes désarmé. Vous vous laissez aller à dire des choses qui ne peuvent que vous nuire. J'en sais assez pour démolir votre carrière.

– Vous n'aurez pas l'occasion de faire ce genre de révélations. Vous serez morte avant.

– Mon cadavre sera terriblement encombrant. Vous aurez beaucoup de mal à expliquer pourquoi ce meurtre était inévitable. Il serait dommage de compromettre votre brillante carrière pour une ilote de mon espèce.

– Si vous restez en vie plus longtemps, c'est mon équilibre mental qui sera compromis.

– C'est certain. Si j'en juge d'après votre degré d'énervement, c'est même pour bientôt.

– Taisez-vous ou je vous tue à l'instant !

– Il y a une solution beaucoup plus astucieuse pour vous débarrasser de moi. Si vous me renvoyez en 1995, il n'y aura pas de cadavre encombrant. Il vous sera très facile de trouver un prétexte à mon départ : vous direz que j'avais une maladie contagieuse.

– Vous avez certainement une maladie

contagieuse ! Plus je parle avec vous, plus j'approche de la crise de nerfs.

– Il est grand temps.

– Dites-moi, il y a une chose que j'aimerais savoir. Est-ce que vous le faites exprès ?

– Quoi donc ?

– D'être aussi énervante ?

– Quand je veux irriter quelqu'un, je parviens toujours à mes fins.

– C'est une arme redoutable.

– Et contre laquelle le progrès ne peut rien.

– Je m'étonne que vous ne vous en soyez pas servie pour me forcer à aller voir si vos œuvres étaient au Grand Dépôt.

– Tout compte fait, je préfère ne pas le savoir. Si je me mettais en tête d'écrire pour l'éternité, je deviendrais peut-être aussi pompeuse que vous.

– Après votre départ, j'irai voir.

– Qu'irez-vous voir ?

– J'irai au Grand Dépôt. Je regarderai entre Nothing et Notker le Bègue. Sait-on jamais ?

– Et... si l'un de mes livres y figurait, le liriez-vous ?

– Sans doute.

— Je rêve ! Vous vous intéressez à mes bouquins ?

— Pas le moins du monde. Je veux seulement voir si votre écriture est aussi exaspérante que votre conversation.

— Vous êtes masochiste, Celsius.

— Non pas. Je viens de me rendre compte que notre service de torture a encore beaucoup à apprendre. Si l'un de vos dialogues était au Grand Dépôt, il pourrait nous instruire quant aux techniques d'acharnement verbal et de supplices nerveux. Vous serez peut-être le Torquemada du vingt-septième siècle.

— Il y a toute sorte de manières de passer à la postérité. Pour le cas probable où mes œuvres ne figureraient pas au Grand Dépôt, ne provoquez pas d'éruption volcanique sur Paris ou Bruxelles au vingtième siècle : l'inconvénient des livres est qu'ils brûlent.

— N'ayez crainte, je ne me donnerais pas tant de peine pour du vulgaire papier imprimé. Quoi qu'il en soit, même si vos dialogues n'existent plus, le souvenir de cette conversation sera très instructif. Vous m'aurez beaucoup appris.

— C'est normal : c'est le rôle des ancêtres.

— Ancêtre, ancêtre... Je n'ai vraiment pas l'impression de descendre de vous.

— Vous m'en voyez rassurée.

— J'ajouterais que moi, qui ne peux pas être votre ancêtre, je vous ai appris davantage.

— Ah. Et que m'avez-vous donc enseigné ? L'exemple de ce qu'il ne faut pas faire ?

— Ingrate ! Je vous ai tout enseigné ! Vous ne saviez rien quand vous êtes arrivée !

— Et que sais-je de plus, à présent ?

— Ce qui va se passer !

— Soyez persuadé que je préférerais l'ignorer. Dès que je serai revenue à mon époque, j'essayerai d'oublier tout ce que vous m'avez dit.

— Des perles aux pourceaux. Par chance, vous verrez que l'oubli n'est pas une chose si facile.

— Hélas, je crois déjà le savoir. Mais dites-moi, Celsius, pourquoi avez-vous besoin que je me souvienne de vos paroles ?

— Je ne désespère pas qu'elles aient valeur d'avertissement.

— Allons ! Vous êtes trop intelligent pour

croire que je puisse changer le cours des choses ! Dites-moi le vrai motif de votre désir.

— Pourquoi supposez-vous qu'il y en a un ?

— D'abord, parce que je trouve votre insistance étrange. Ensuite, parce que, pour quelqu'un qui avait tant clamé que je ne pourrais jamais regagner mon siècle, vous me relâchez avec une relative facilité. Qu'est-ce que cela cache, tout ça ?

— Vous parliez de postérité : à force de jouer avec le Temps, j'aimerais, moi, passer à l'antériorité.

— Excusez-moi ?

— Vu ce que j'ai fait, je passerai à la postérité, c'est inévitable. Mais cela ne me suffit pas. Cela me suffit d'autant moins que les véritables motifs de mon acte devront rester secrets pour des raisons politiques. Or, ces véritables motifs, vous les connaissez, vous, et rien ne s'oppose à ce que vous les exposiez à vos contemporains.

— Je ne comprends pas.

— Si, vous comprenez. Un être tel que moi ne peut pas se contenter de passer à la postérité. Je veux passer à l'éternité. Le futur ne peut me suffire. L'antériorité m'est indispensable. En outre, elle serait la seule à pouvoir me rendre justice, puisque, par votre truchement, elle serait la seule à connaître le fin mot de ma vie.

— Par mon truchement ?

— Vous étiez écrivain, vous allez le redevenir. Vous me consacrerez un livre.

— Je n'en ai aucune envie.

— Vous ne pourrez pas faire autrement. Je vous hanterai.

— Vous êtes bien présomptueux.

— Une pareille aventure ne s'oublie pas. Je suis confiant : vous écrirez à mon sujet.

— À supposer que je le fasse, croyez-vous que cela tournera à votre avantage ?

— Vous ne m'aimez pas, je sais. Il vous sera cependant impossible de ne pas mentionner l'opération Pompéi : ce simple récit suffira à me glorifier.

— Croyez-vous ?

— Vos contemporains n'étaient pas tous aussi vains que vous. Parmi vos lecteurs, il se trouvera des individus pour m'admirer, je n'en doute pas un instant.

— Vous avez besoin d'être admiré, n'est-ce pas ?

— Certes. Je suis fier de ce que j'ai fait ; à ce titre, j'ai besoin d'être admiré. La gloire est une belle et noble chose.

— Je n'ai jamais entendu citer Vauvenargues à si mauvais escient.

— Qui est ce Vauvenargues ?

— Encore un de ceux qui écrivaient trop petit pour vous. Mais ne perdons plus de temps. Renvoyez-moi en 1995 — et pas plus tard que le 9 mai, s'il vous plaît.

— Aimez-vous à ce point votre époque, que vous ne vouliez même pas en manquer un seul jour ?

— Là n'est pas la question. C'est à cause de mon hibiscus : il ne peut pas rester plus de vingt-quatre heures sans être arrosé.

— Vous êtes la personne la plus dérisoire que j'aie rencontrée.

— Parce que je tiens à mon hibiscus ?

— Je lui parle de Pompéi, je traverse vingt-cinq siècles en sa compagnie, je lui explique les lois scientifiques les plus fulgurantes de l'Histoire, et sa principale préoccupation est d'arroser son hibiscus.

— À chacun ses valeurs, monsieur.

206

– Il est trop injuste que l'idée de l'éruption soit tombée sur votre tête.

– Je suis de votre avis. Cela dit, elle y aura laissé moins de dégâts que dans la vôtre. Puis-je vous demander de me transplanter directement chez moi ? Je n'ai pas envie de me réveiller à l'hôpital.

– Exigeante, en plus !

– C'est dans votre intérêt : si je me réveillais à l'hôpital, je pourrais croire que notre rencontre était un rêve dû à l'anesthésie. Si je me réveille chez moi, je saurai que tout est vrai.

– Soit.

L E transplanteur ressemblait à un supposi-
toire. Celsius s'apprêtait à refermer le hu-
blot quand il me demanda :

— N'avez-vous rien à me dire ?

— Adieu.

— D'accord, nous ne nous aimons pas, mais
nous avons vécu un moment fort ensemble.
Jamais je ne me suis autant confié à quelqu'un.
Vous êtes la seule à me connaître.

— C'est bouleversant.

— Au lieu de railler, vous n'auriez pas quelque chose de profond à me dire ?

— Quelque chose de profond ? Pourquoi
dirais-je quelque chose de profond ?

— Quand même, ce n'est pas banal, ce qui

nous est arrivé. Cela doit vous inspirer un sentiment, une phrase.

— Ma foi, non, cela ne m'inspire rien.

— Vous ne me ferez pas croire cela. Les écrivains aiment les phrases ultimes.

— Je vois. Vous voulez un mot historique, un message de l'antériorité à la postérité ?

— Par exemple, oui.

— Je cherche... J'ai trouvé.

— Je vous écoute.

— Fi.

— Pardon ?

— Fi, monsieur.

— Qu'est-ce que cela veut dire ?

— Le mot a disparu ?

— Je ne l'ai jamais entendu.

— Eh bien, quand vous irez au Grand Dépôt pour y chercher mes traces, vous en profiterez pour consulter un vieux dictionnaire. Cela vous fera une dernière surprise.

— Comment épelez-vous ce mot bizarre ?

— F-I. Fi.

— Deux lettres, pas une de plus ? C'est tout ce que je vous inspire ?

— Rassurez-vous : quand vous en connaîtrez

le sens et l'étymologie, vous verrez que je ne vous ai pas lésé.

— Mais qu'est-ce donc ? Un adverbe, un impératif ?

— Une simple interjection.

— Toujours vos archaïsmes !

— Je suis moi-même un archaïsme. Renvoyez-moi à mon époque archaïque, s'il vous plaît. Il me tarde que vous alliez consulter le dictionnaire.

— Adieu, donc. Amitiés à votre hibiscus.

— Adieu, Celsius.

JE me suis réveillée chez moi.

Après avoir arrosé l'hibiscus, je suis descendue au bas de mon immeuble pour vider la boîte aux lettres. Le courrier portait la date de la veille : le 8 mai 1995. Celsius avait tenu parole.

J'ai croisé un voisin qui m'a regardée avec un drôle d'air : je me suis aperçue que j'étais vêtue d'un péplum. Je semblais échappée d'un film de Cecil B. De Mille.

Je suis remontée à l'appartement. J'ai soulevé le péplum : mon ventre arborait la cicatrice de l'opération.

Le 9 mai était un mardi.

Celsius avait raison : je n'ai pas pu faire autrement que d'écrire un livre sur lui.

Ce ne fut pas facile : il a fallu que je retranscrive, de mémoire, notre long échange. Lors des passages scientifiques, je m'en suis tirée avec des approximations.

Quelques jours plus tard, j'ai reçu un courrier de mon éditeur italien dont le siège est à Naples. J'ai pensé que ce n'était pas loin de Pompéi. Je me suis demandé ce qu'il attendait pour m'inviter.

J'ai une terrible envie de faire un voyage dans le Sud – le vrai Sud, le grand Sud.

Quand j'ai eu fini de rédiger ce manuscrit, je l'ai apporté à mon éditeur. J'ai précisé qu'il s'agissait d'une histoire vraie.

Personne n'a daigné me croire.

DU MÊME AUTEUR

Aux Éditions Albin Michel

HYGIÈNE DE L'ASSASSIN

LE SABOTAGE AMOUREUX

LES COMBUSTIBLES

LES CATILINAIRES

PÉPLUM

ATTENTAT

MERCURE

STUPEUR ET TREMBLEMENTS, Grand Prix du roman de
   l'Académie française, 1999.

MÉTAPHYSIQUE DES TUBES

COSMÉTIQUE DE L'ENNEMI

ROBERT DES NOMS PROPRES

ANTÉCHRISTA

BIOGRAPHIE DE LA FAIM

ACIDE SULFURIQUE

JOURNAL D'HIRONDELLE

NI D'EVE NI D'ADAM

Numérisation et impression Book It !, avril 2008
Éditions Albin Michel
22, rue Huyghens, 75014 Paris
www.albin-michel.fr

ISBN 978-2-226-08694-5
N° d'édition : 25645 - N° d'impression : 89808
Dépôt légal : août 1996
Imprimé en France